LA ESPIRAL LOCURA DE LA

LA ESPIRAL LOCURA DE LA

ALEJANDRO CABADA

FlowerSong Books

Donna, TX

ISBN 10: 0692411526
ISBN 13: 978-0692411520

FlowerSong Books
An imprint of VAO Publishing
A division of Valley Artistic Outreach
4717 N FM 493
Donna, TX 78537
www.flowersongbooks.com

First printed edition: January 2016

Cover image and design © 2016 José Meléndez

Alberto, Emilio y Pablo...esta espiral es para ustedes.

"Los tigres de la ira son más sabios que los caballos de la instrucción".

—William Blake

Índice

Capítulo CINCO: ABSOLUCIÓN

Biografía

Alejandro Cabada Fernández escribe cuento, poesía y ensayo. Es el autor de los poemarios *Escarlata: Un libro de poemas* (2009) que se enfoca primordialmente en la contemplación del amor de pareja donde destacan los temas de la dulzura, los besos y la pasión y *Días de púrpura* (2011) donde trata los temas de la soledad, el olvido y la muerte al mismo tiempo que le rinde homenaje a los poetas románticos del siglo XIX. Es licenciado en Letras Hispánicas y maestro en Literatura Española por la University of Texas Pan American. Además de la literatura, Alejandro también compone música y es el vocalista y guitarra acústica de la banda de rock en español Dulcetóxico. Es oriundo de Reynosa, México, pero vive en el Valle del Río Grande con su familia desde hace más de veinticinco años. *La espiral de la locura* es su primera colección de cuentos.

Agradecimientos

Quiero agradecer a todas las personas que han estado involucradas en este libro de forma directa o indirecta. Al Dr. David Bowles, por su interés en mi prosa y mi voz poética. A la Dra. Edna Ochoa, por su enseñanza en el oficio de la narrativa. Al escritor y gran amigo, Roberto De la Torre, por su gran apoyo en mi camino a través de la literatura y la música. A la licenciada Raquel López, por leer y escuchar con atención cada uno de estos cuentos. A mi familia: Israel Cabada, Gloria Fernández, Glendy Esquivel y Lisa Cabada, por su gran amor y por estar siempre a mi lado. A Gustavo Cerati, el ángel eléctrico, que ahora toca su guitarra desde un lago en el cielo y a todos mis amigos y compañeros en este recorrido literario, gracias.

También quiero agradecer a las diferentes plataformas literarias que apoyan el arte y la cultura en el Valle del Sur de Texas en las que he tenido el privilegio de compartir mi trabajo: Dustin M. Sekula Memorial Library, University of Texas Pan American, Enero Rojo Lunar, Una Noche de Palabras, Voces en la Frontera, Letras en el Estuario, Pasta Poetry & Vino, We Need Words y Valley International Poetry Festival.

Finalmente, a la memoria de mi abuelo, Don Roberto Cabada Salazar, por "El oso chocolatero", que tiene un lugar especial en mi corazón, y las noches de cuentos bajo la luna.

Nota del autor

Desde niño siempre me ha gustado el cine de terror. Aquéllos que me conocen entienden muy bien de mi fascinación por este tipo de cine. A través de los años, este interés tan particular ha crecido y se ha expandido a la narrativa y a la poética de este mismo género, al igual que al cine experimental a nivel internacional. Hablo de cine porque precisamente los quince cuentos que establecen la anatomía de *La espiral de la locura* han sido escritos de una forma para que el lector pueda ver las imágenes en cada historia que aquí presento. En el cine todo es visual, en mi narrativa también.

Como escritores todos tenemos influencias cuando escribimos en cualquiera de los géneros literarios; ya sea novela, cuento, poesía o ensayo. Al ser estudiosos de la literatura, la escritura que cada quien creamos es parte del canon académico que nos forja como escritores y como seres humanos. Las influencias que se van plasmando en el subconsciente de cada persona desde la niñez hasta la actualidad se ven reflejadas en la culminación de una obra como lo es este libro que usted tiene en sus manos. Soy amante de la literatura clásica, de lo gótico y lo romántico. El siglo maldito corre por mis venas y es por medio de esta antología de cuentos extraños que pretendo enlazar al lector con la riqueza de la literatura del siglo XIX que tanto disfruto y es esencial en mi vida como escritor.

Los temas centrales que manejo en esta obra literaria son el terror, la locura, el miedo, la soledad y la venganza; temas que se van desarrollando en la espiral de cada uno de los personajes en cada relato. Los cuentos poseen elementos tenebrosos que podemos encontrar en lo cotidiano de la vida y elementos ficticios que rompen las leyes en la irrealidad fantástica. El uso de símbolos y el arte poético están presentes en cada texto y los desenlaces de cada cuento caen en lo abstracto para crear un ambiente en el que el lector piense y descifre el laberinto que cada historia manifiesta. Me gusta manejar cierto nivel de complejidad en mi narrativa con la intención de que el lector se convierta en un creador y no solamente en un espectador pasivo al tener este libro en sus manos. Mi objetivo es que al leer este libro, el lector se convierta en un personaje activo en cada narración y experimente las emociones de cada personaje y se deje llevar por la atmósfera dantesca de estas historias.

Según Lovecraft, el escritor norteamericano creador de la mitología de Cthulhu, el terror nace cuando las leyes naturales son quebrantadas, y cuando este fenómeno sucede, el mundo que conocemos empieza a funcionar de acuerdo a esas nuevas leyes establecidas en un mundo desconocido que no entendemos y sobre las cuales no tenemos el control absoluto. Justamente, es lo que pretendo a través de estos textos, llevar al lector a esa zona de la imaginación donde las leyes naturales son profanadas causando el terror a los protagonistas en su propio universo de caos y confusión donde no existen límites y lo onírico se mezcla con la realidad.

Es preciso entender que los personajes que he creado en estos cuentos tienen vida e identidad propia y que todo en su ambiente está conectado con su nombre, su personalidad y su existencia. De igual forma, como ya es costumbre en mi obra poética, en algunos de estos cuentos le rindo homenaje a mis precursores, a los magos del decimonónico. Elemento fundamental que le da a esta bella *Espiral* su locura y esa esencia inmortal de los maestros de la vieja escuela del romanticismo alemán, las letras consagradas de la Francia antigua y la narrativa macabra de *le prince des poètes maudits.*

La colección de cuentos que presento en este libro es una travesía a lo desconocido, y en ocasiones, un viaje al inconsciente; un viaje al mundo de lo fantástico y el terror. Quince cuentos que se tienen que analizar y que al final el lector tendrá la última palabra.

En una entrevista, el emblemático cineasta de culto Alejandro Jodorowsky apuntó: "Yo le pido al cine lo que la mayoría de los norteamericanos esperan de las drogas psicodélicas". Así es *La espiral de la locura*, un salto tenebroso sin paracaídas al vacío de lo psicodélico de las emociones; un salto al dominio de lo onírico donde todas las leyes de lo establecido son destruidas y no hay tiempo ni espacio para meditarlo, únicamente para absorberlo y disfrutar la belleza de este género donde todo es posible. Un periplo literario que galopa como un corcel de la noche enfurecido en busca de una salida.

Alejandro Cabada
Septiembre 2015

Prólogo

Tienes en tus manos un libro muy especial, una suerte de portal a las regiones más oscuras e insólitas de la imaginación, a la incomprensible vastedad fuera y dentro del animal humano.

Alejandro Cabada, en estos quince cuentos esenciales, se concretiza como una de las voces más singulares de la literatura *weird* en español, heredero de las tendencias góticas del siglo XIX y del terror cósmico que surge décadas después entre las páginas de las revistas *pulp*. También existe en estas páginas mucha influencia del cine de terror de los 60 y 70: como en las películas de Carlos Enrique Taboada o Dario Argento, *La espiral de la locura* logra un inquietante equilibrio entre un gradual e ineluctable terror emocional y momentos abruptos de extrema violencia.

Ante todo poeta, Cabada maneja la atmósfera de su narrativa con la habilidad de H.P. Lovecraft en aquel alucinante cuento "At the Mountains of Madness", dando al argumento con frecuencia menos prioridad que la cuidadosa construcción —en escena tras cautivadora escena— de un sueño desconcertante e inmovilizador que deja al lector jadeante y algo traumado.

Hallarás en estas páginas toques de Poe (como en la barroca estructura de "Estación de tren") y ecos de Rimbaud (véase "El búho"), entre otros. Esta tenebrosidad europea viene sazonada con un deje latino-americano que recuerda a Horacio Quiroga (especialmente cuentos de impacto psicológico como "El hijo" o "La gallina degollada") y a Gustavo Adolfo Bécquer, cuya obra "Los ojos verdes" emulsiona tensiones eróticas en un fondo fantástico de forma similar a lo que logra Cabada con "El rosario de Lucrecia" y "La hostería". Cabe señalar aparte que Cabada tiene mucho de Arthur Machen, con el escalofriante misticismo antimaterialista de

"The Willows", y de M.R. James, quien utilizaba fantasmas para plasmar la degeneración del pensamiento lógico.

Pero sobre todo, me parece que Alejandro Cabada debiera denominarse nada menos que el Thomas Ligotti mexicano. El horror onírico y filosófico que impregna su obra es igual de impactante e inolvidable que los mejores cuentos de ese célebre autor estadounidense. Como Ligotti, Cabada se atreve a afirmar que no existe un gran plan, no hay ningún sentido transcendental que subyace lo absurdo de la vida.

En "The Nightmare Factory" de Ligotti, el protagonista dice anhelar "cualquier cosa para encontrar liberación de esta tristeza desgarradora que sufro cada minuto del día (y de la noche), esta tristeza matadora que se siente como si nunca me dejará, sin importar a dónde vaya o qué haga o a quién llegue a conocer".

La misma *tristeza matadora* se halla en casi todos los quince cuentos que estás a punto de leer, arremolinándose con otras emociones extremas, incluyendo, claro está, el terror.

Abróchate el cinturón. La espiral comienza a girar.

David Bowles
Enero 2016

AVES MALDITAS

El funeral de mi abuela

Cuando era niño, mi abuela me contaba relatos y me platicaba de las creencias que los ancianos contaban generación tras generación. Según ellos, esto era una forma de pasar la sabiduría a los jóvenes para proteger a sus familias contra enfermedades, tragedias y desdicha en general. Pero lo más importante era el conocimiento de rezos y conjuros para destruir a brujas y demonios que en aquella época caminaban la tierra entre los vivos y no tenían compasión alguna del hombre.

Todavía puedo recordar esas noches largas bajo los matices pálidos del atardecer. La voz rasposa de mi abuela, las venas anchas en sus manos y su piel dorada, cobija de arrugas, que tibiamente me daba paz y seguridad. Recuerdo el crujir de la leña y las chispas que salpicaban esporádicamente y convertían la noche en una cadena de ambrosías inolvidables. Mi abuela era una mujer muy sabia y siempre me decía que yo iba a hacer cosas muy importantes en la tierra. Sólo tenía siete años cuando me lo dijo por primera vez, pero sus palabras eran tan firmes y con tanta convicción que terminé aceptándolo. El día que mi abuela murió, yo tenía catorce años y fue el día más lúgubre y desgarrador de mi juventud. Me acuerdo que fue un domingo invernal en el año 87, hacía un frío destemplador y todo era gris esa mañana. La gente no hablaba, las miradas perdidas, los perros no ladraban y el viento melancólico golpeaba mi rostro sin piedad.

La última vez que vi a mi abuela fue antes de que cerraran su ataúd. Sus ojos estaban abiertos. Sus pupilas habían desaparecido y ahora sólo tenía dos retinas color celeste muy claro, casi blancas como las de un ciego. En sus labios tenía una discreta sonrisa que le daba un toque extraño y muy tenebroso. Sus manos venudas estaban entrelazadas, y entre sus dedos había un peculiar rosario de marfil rojo, que en lugar de tener al Cristo en la cruz, tenía una extraña figura de un hombre con cabeza de animal...algo similar a una criatura de la mitología griega.

Cuando los sepultureros se preparaban para bajar el ataúd a la fosa, una lluvia violenta irrumpió el momento réquiem. Todos los presentes se rejuntaron para no mojarse y para quedar bajo la lona que cubría el ataúd, las sillas y al cura en el entierro. De pronto se escuchó un fuerte golpe sobre la lona. Luego otro más y más y más... Instantes después, los golpes eran más fuertes, más sólidos y más rápidos. La gente desconcertada no sabía qué hacer, sólo se miraban unos a otros y hablaban entre sí. Fue hasta el momento en que la lona fue perforada por un enorme cuervo que el pánico estalló entre los reunidos, familiares y amigos. El cuervo se impactó sobre el ataúd con un ímpetu descomunal. A los costados, cientos de cuervos se caían sobre la calle, el césped, las tumbas y los automóviles en una macabra e inolvidable lluvia emplumada.

En cuestión de segundos todo esto se volvió un manicomio. Las mujeres corrían muy asustadas gritando que mi abuela era una bruja, mientras la lluvia de cuervos se intensificaba y golpeaba a toda la gente que corría aterrada a buscar refugio bajo los árboles y en sus automóviles. Los sepultureros, también asustados, soltaron el ataúd y huyeron entre la multitud. El féretro cayó al fondo de la fosa y se partió en dos. El cadáver de mi abuela quedó en el fondo de la tumba, su torso hecho pedazos y su cuerpo, parcialmente desnudo.

En sólo un instante, la lona había desparecido. La gente se escondía para evitar ser lastimada por la negra ráfaga de plumas y lluvia. En sus caras había miedo, angustia y la sangre corría por algunos rostros. Durante el caos y confusión, me detuve a un lado de la tumba de mi abuela observando a toda la gente. No tenía miedo, ni preocupación de nada, pues sabía el fuerte lazo que teníamos ella y yo. Al parar la lluvia, la gente se alejó lentamente y yo no fui lastimado por ningún cuervo. El panteón, en su totalidad, quedó tapizado por lo que parecía una gigantesca manta de terciopelo negro. Yo me quedé solo a un lado de la tumba de mi abuela que había quedado completamente cubierta por una montaña de cuervos.

La noche de los pájaros

Cientos de pájaros negros volaban sobre el techo de la antigua parroquia cada vez que el péndulo golpeaba la campana. Todos los domingos los feligreses abarrotaban las bancas del tabernáculo para elevar sus plegarias y ofrendar, de forma humilde, el dinero que obtenían al trabajar arduamente en el viñedo de la región. Vivían en un pueblo pequeño. Un pueblo que sólo existía gracias a la producción tan prolífica de uvas que exportaban a la capital del estado. La gente asistía a misa con mucha devoción porque según los sermones del padre Dionisio, la tierra donde vivían había sido bendecida. Esa era la única razón por la cual los viñedos producían tanta uva y gracias a esto, los habitantes del pueblo tenían trabajo y podían mantener a sus familias. En sus sermones, el padre siempre encontraba la forma exacta de inyectarle al pueblo la idea de que siempre tenían que trabajar la tierra. No importaban las circunstancias, siempre hacía hincapié en lo vital que era no desistir en esa tarea.

El padre Dionisio era un hombre alto, ventajoso y de silueta amenazante. Siempre usaba botas negras. De lejos, los rayos de plata en su cabeza le daban una apariencia de bondad, pero su mirada cínica indicaba todo lo contrario. Los demonios de la lujuria pernoctaban en sus ojos, pero dormían muy bien, ya que nadie lo notaba. Era cuando la noche extendía sus alas de dragón, que el beato se transformaba en un depredador nocturno. Cuarenta, eran los años que tenía al servicio de la iglesia. Cuarenta años de mentiras y una apariencia bien trabajada como espada en su vaina. El placer que le daba burlar las ordenanzas de la iglesia iba más allá de los placeres de la carne. Dionisio llegaba al éxtasis más intenso al tener poder sobre las masas. Un éxtasis que ni siquiera las doncellas vírgenes que le llevaban a su cama le producían. El poder era algo que lo enloquecía y siempre lo iba a tener aunque tuviera que llegar a cometer las atrocidades más perversas para conseguirlo. Tener poder era la única razón de existir.

Desde hace varios meses la cosecha de uvas había ido disminuyendo. Una sequía acompañada de una plaga devastadora se había apoderado de la región. Los hombres trabajaban con intensidad desde temprano todos los días, pero extrañamente el fruto bendito moría antes de llegar a su madurez. La preocupación y el miedo se notaban en el semblante de toda la gente. Los ancianos del pueblo sabían que cuando la cosecha entraba en decadencia, la muerte cabalgaba en su pálido corcel por cada rincón del pueblo. En la iglesia, los creyentes se seguían congregando para pedir prosperidad y que el cielo abriera sus brazos para que la lluvia se derramara sobre los viñedos y todo volviera a la normalidad. Las madres de familia eran las que parecían ser las más afectadas e imploraban ayuda del cielo para que la sequía terminara.

Cenobio era el sacristán de la parroquia. El joven sabía que cuando la cosecha no era fructífera, el padre, el partero del pueblo y sus aliados se reunían por tres noches de forma clandestina en el sótano de la parroquia. Las reuniones duraban hasta el amanecer. El olor a humo y otras sustancias psicotrópicas escapaban del sótano. Nadie sabía de estos encuentros nocturnos, solamente Cenobio, que tenía más de dos décadas en el servicio eclesiástico, conocía las verdaderas intenciones de esas reuniones secretas. Sabía que el padre y su gente no adoraban al Dios del cual se predicaba en las misas. La angustia consumía al sacristán mientras caminaba en los pasillos de la iglesia, pues sabía muy bien lo que venía. Ya habían sido muchos años de tormento. En su memoria, la mirada asustada de su hermano menor nunca se había borrado. Recordaba con exactitud aquella noche de octubre cuando el pobre niño había sido arrebatado de su casa ante el llanto desgarrador de su madre y las voces de dos hombres tratando de consolarla. El olor penetrante a marihuana en la ropa de un hombre y unas botas negras dejando el piso de la casa lleno de lodo. Cenobio tenía ocho años y su hermano tenía dos.

Después de haber viajado al origen de su trauma, decidió que ya no iba a ser cómplice de tanta crueldad y tanta locura. Tenía que encontrar un cierre emocional a ese acontecimiento significativo de su vida. Tenía que detener al sacerdote. Se postró frente al crucifijo gigante que colgaba encima del altar, cerró los ojos y empezó a rezar. Un escorpión negro cayó de una de las vigas del techo sobre su cuello. Sintió que un escalofrío se apoderaba de él mientras elevaba sus oraciones al cielo pidiendo valor para enfrentar a las fuerzas del mal. Escuchó voces perversas a su alrededor y la risa de un hombre burlándose de él. Siguió orando con mucha fe. La alimaña y las voces desaparecieron.

A la mañana siguiente el sacristán despertó nervioso. Sabía que al meterse el sol, sería la tercera noche en la que el presbítero maldito y sus seguidores se reunirían en secreto. Después de esa noche realizarían los actos más inhumanos que alguien jamás hubiese imaginado. Sin perder el tiempo, salió a los viñedos para hablar con los capataces y los hombres más fieros del pueblo. En cuestión de minutos desenmascaró al padre ante la incredulidad y la rabia de los hombres. La reacción no era la que esperaba, pues la rabia de la muchedumbre era hacia él. Les pidió calma y que no actuaran por impulso, pero la multitud no entendía y lo querían linchar. Para los hombres encolerizados, hablar mal del padre Dionisio y la iglesia era el más vil pecado. Una falta de respeto que se tenía que pagar con la muerte. Cenobio imploraba que no lo mataran, pero los hombres cegados por la furia lo levantaron en brazos y cuando se disponían a quemarlo vivo el sacristán gritó desde sus entrañas:

—¡Bájenme, los puedo llevar a las tumbas! Tienen que ver que no les miento. ¡El padre Dionisio es un enviado del diablo! Se lo voy a comprobar.

Los hombres callaron y bajaron al sacristán y accedieron a ver la evidencia. Caminaron unos kilómetros atrás de la parroquia y llegaron a lo que parecía un panteón escondido. Cenobio les indicó donde escarbar y poco a poco fueron desenterrando los restos de muchos niños. Los hombres entendieron que todo lo que el sacristán había dicho era cierto y en ese momento armaron el rompecabezas sobre la desaparición de niños en el pueblo desde hacía tantos años. De inmediato querían ir contra el padre, pero el joven siervo de Dios les dijo que tenían que ser inteligentes y formular una estrategia para detener al malvado cura que por tantos años había abusado de ellos.

Esa noche, sin explicación, la temperatura bajó de forma drástica. Estaban en pleno verano y el frío que envolvió al pueblo al caer el sol, lamía los huesos de la gente y peinaba las plumas de los pájaros que descansaban sobre las ramas de los árboles. Cenobio llevó a la parroquia a tres hombres armados con machetes. En sus manos, el sacristán llevaba un filoso azadón de pico. Se dirigieron con cautela al subterráneo secreto y lo que vieron les heló la sangre. Al fondo del sótano estaba el padre Dionisio vistiendo una túnica roja, y su rostro estaba cubierto por una enorme cabeza de macho cabrío similar al de *El aquelarre* de Francisco de Goya. A su alrededor estaban el partero del pueblo y ocho ancianas desnudas. Había varios corderos muertos en el suelo de caliche y en el centro había un gran altar hecho de mimbre donde yacía acostado un bebé recién nacido. El padre recitaba en una lengua extraña y las mujeres entonaban al unísono un canto macabro. Sin esperar más, los cuatro hombres armados se lanzaron como bestias sobre el partero y las ancianas. Los machetes volaban como aves carroñeras despedazando la piel marchita de las viejas brujas. El azadón de pico terminó incrustado en el cráneo del partero. Las deidades de la cosecha tendrían que esperar su alimento. El bebé no fue sacrificado.

Afuera de la iglesia cientos de pájaros volaban agitados en forma circular. Ya estaba amaneciendo y era domingo. Los graznidos producían una cacofonía infernal que poco a poco fue despertando a todo el pueblo. La campana de la parroquia sonó como cada siete días.

El cuerpo ahorcado del padre Dionisio se mecía al compás del péndulo mientras una parvada de cuervos devoraba sus entrañas.

Doña Lipa

Doña Lipa era una mujer como de ochenta años. Era delgada y baja de estatura, de piel pintada por el sol y manos largas cubiertas de paño. Sobre su espalda el peso de una joroba inclinaba, ligeramente, su cuerpo hacia el lado izquierdo. Usaba vestidos negros y una pañoleta percudida para cubrir sus largos cabellos blancos dando siempre un aspecto de enlutada. Sus ojos eran como túneles profundos y miles de arrugas dibujaban en su rostro un pasado tormentoso. Vivía en una casa vieja, descolorida y carcomida por el tiempo, de paredes agrietadas y grandes ventanales taciturnos como los ojos de un búho. Era una casa que daba una apariencia de tristeza, soledad y abandono lo cual representaba de manera perfecta la vida de su dueña.

Recuerdo que había rumores en la colonia de que doña Lipa había sido alguna vez una mujer muy perversa. Algunos decían que practicaba la magia negra y otros decían que era una hechicera muy poderosa. Ciertas personas se atrevían a decir que desde niña había sido consagrada al príncipe de la potestad del aire y por eso tenía tanta vida y poder. Según las damas de la iglesia, doña Lipa tenía más de doscientos años, pero ni siquiera los curas que habían pasado por la parroquia a lo largo de varias décadas, habían indagado en la vida de la misteriosa mujer. Todo esto a mí me parecía una gran historia, un "cuento de rancho" que sólo la gente con muy poco intelecto podía creer y en lugar de asustarme me causaba una curiosidad profunda. Mis adentros ardían por saber realmente quién era o quién había sido esta señora.

Por las tardes, la extraña anciana vendía dulces en su casa. Las madres aterradas le tenían prohibido a sus hijos meterse a esa morada para comprar golosinas. A mí me parecía, de cierta forma, admirable y me producía ternura que una viejecita aislada del mundo moderno quisiera ganarse unos cuantos pesos y al mismo tiempo, alegrar sus días sombríos viendo y escuchando las sonrisas de niños que la visitaban todas las tardes para colmar de azúcar la leche de sus delicados dientes, sin juzgarla o verla como una mujer maléfica. Las madres nerviosas y preocupadas obligaban a sus hijos a que fueran mejor al Oxxo, a la farmacia México o por lo menos con Balde, a la tiendita de la esquina. Lo que las madres no sabían era que en esas tiendas no vendían las golosinas que doña Lipa ofrecía a sus pueriles clientes. Con ella podían comprar colaciones, huevos confitados, conos de cajeta y chicles Totito, entre otras golosinas diferentes que los niños no conocían y les parecían deliciosas. Se decía que conservaba todos los dulces en frascos de vidrio y que los vendía de forma individual sacando cada dulce con sus manos y recibiendo las monedas de los niños al mismo tiempo; combinando dulces y bacterias en la superficie oscura de sus palmas. Algunos decían que no eran dulces, que lo que guardaba en los frascos eran ojos y dientes de sus víctimas y que por algún conjuro maligno hacía que los niños ingirieran las partes humanas. Una tarde fría de diciembre decidí investigar por mi propia cuenta qué era lo que pasaba en esa casa y ver a la famosa mujer que al paso de los años era considerada, por centenares de personas, una bruja malévola y perversa.

Al estar frente a su casa, una extraña sensación se apoderó de mí. No sé explicarlo con exactitud, pero era como si los dos ventanales me observaran de una forma violenta y me ordenaran que me alejara. Por un momento me detuve y observé a mi alrededor. La distancia entre la calle y la puerta sucia y descarapelada de la casa era de unos ocho metros. Ocho metros que parecían ocho kilómetros. Había árboles gigantescos de troncos arcaicos, lo cual me indicaba que ese terreno llevaba muchas décadas habitado por doña Lipa, sus padres, posiblemente sus abuelos y quién sabe quién más. Era una casa antiquísima, de esas casas que respiran los secretos más oscuros de las familias. Esas casas que tienen la vista cansada de ver tantas historias e histerias. Esas casas que conservan esquirlas de sangre seca entre las grietas del frío mosaico. Casas que quizá tienen la muerte penetrada entres sus paredes. Caminé vacilante hasta que llegué a la puerta. Toqué tres veces. Nadie abrió. Esperé unos segundos y volví a tocar tres veces. Nada. De pronto escuché a la distancia una risa extraña, se oía despacio, pero pude percibir que era una risa de mujer. Perplejo, traté de ignorar el incidente, pero era demasiado tarde, el pánico empezó a explorar mi piel. ¿Acaso todos los rumores que había escuchado desde niño eran verdad? ¿Era doña Lipa en realidad una bruja maldita que devoraba niños y se daba festines con los ojos y cráneos de las inocentes criaturas? A mis espaldas había un gran árbol de aspecto tenebroso y lúgubre similar a los árboles que se pueden encontrar en ilustraciones del terror gótico de la Inglaterra del siglo XIX. Escuché claramente el aleteo de un ave y el crujir de las ramas por el inesperado movimiento. Sutilmente giré mi cabeza y dirigí la mirada hacia las ramas del árbol. Lo que vi me produjo un escalofrío penetrante. Sentí que perdía la fuerza en mis rodillas y el pulso se me aceleró de manera incontrolable. Ahí estaba, sobre una rama que amenazaba con quebrarse, un espantoso pájaro gris. Era de proporciones gigantescas como un cóndor de los Andes con la fuerza para levantar con sus garras a algún niño desafortunado. Su plumaje era cenizo, opaco con la apariencia de un trapeador asqueroso y maloliente. Los grandes ojos vidriosos tenían un brillo agudo de un tono amarillento y rojizo con las venas reventadas que le daba un aspecto demoniaco. Su pico era largo y puntiagudo y cuando lo abría se podían ver hileras de pequeños dientes como un serrucho. Con su mirada diabólica me observaba cautelosamente como advirtiéndome que no me moviera. De pronto soltó una carcajada que debe haber retumbado hasta el mismo infierno. Reía y reía como una anciana trastornada. Era una risa siniestra que hasta el día de hoy no he podido olvidar. El terror me tenía invadido, quería correr, pero mis pies no respondían. Una cascada de hielo escurría por mi espalda y mi sentido del oído se vio interrumpido por una sordera aplastante. ¡No escuchaba nada! Sólo veía al maldito pájaro que agitaba sus alas de forma violenta al mismo tiempo que me descarnaba con su mirada. De pronto empezó a llover y el pájaro levantó el vuelo. Un trueno ensordecedor me sacó del trance y mi sentido del oído regresó. A mis espaldas, escuché el cerrojo y la perilla giró.

La puerta se abrió lentamente…

FLORES
ALUCINÓGENAS

Obsesión

Un insecto bajaba por la pared. La mujer de negro veía entre lágrimas cómo el pequeño animal caminaba apresuradamente hacia el piso. Por unos segundos salió de la tristeza que la envolvía y lo observó hasta que se perdió entre las coronas y arreglos florales. Era domingo, qué mejor día para despedir a su compañero de toda la vida. Entre llanto, abrazos y condolencias, el tiempo se esfumó y en menos de lo que esperaba, el féretro bajaba con lentitud a la fosa para obtener el descanso eterno. Se acercó y arrojó un clavel color vino para despedir a su amado.

Los días que siguieron fueron muy tristes. Había estado casada por casi cuarenta años. Ya era una mujer en la tercera etapa de su vida y estaba sola. Nunca tuvieron hijos, siempre estuvieron solos y felices. Por las mañanas, la fruta partida en cuadros exactamente del mismo tamaño ya no sabía igual, ya no eran cuadros perfectos y el café había perdido su intensidad. Cuánta desolación castigaba los días cenizos de la indefensa mujer. Por las tardes le gustaba abrir el viejo álbum de fotos y paseaba sus manos sobre las imágenes impresas que la transportaban a esos momentos de felicidad. Por las noches todo era silencio. Ya no tenía la respiración sobre su espalda que la arrullaba cada noche, ahora todo era un manto de silencio.

Un mes después del fallecimiento de su esposo, se encontraba caminando en un parque de inmensos pinos y una botánica inconmensurable. Había mariposas, pájaros, ardillas y hasta un ciervo comiendo las hojas de un arbusto. Era una tarde fresca, el viento se filtraba entre su cabello negro y el pasto acariciaba sus pies descalzos que caminaban disfrutando la relajación que ofrecía ese paisaje frondoso. De pronto, un trueno en los cielos. Un viento huracánado se desató de la nada. Corrió para buscar refugio bajo algún árbol, pero extrañamente los árboles habían desaparecido. El verde que la rodeaba se tornó gris. La sensación sublime que la abrazaba se volvió angustiante. Siguió corriendo, aterrada porque sentía la sensación de que alguien la perseguía. Sus pies se hundían en el lodo que había cubierto la alfombra de pasto y esto le impedía moverse con rapidez. En ese instante, miles de ranas empezaron a caer del cielo. Se impactaban con violencia contra el suelo fangoso y otras golpeaban a la mujer que luchaba desesperada por escapar de aquella pesadilla. Se derrumbó en el suelo de un tirón. Levantó su mirada a las alturas gritando enfurecida, al mismo tiempo que sus huesos se fracturaban por la artillería de anfibios que el cielo disparaba sobre su cuerpo.

La mujer abrió los ojos. Su cuerpo estaba empapado en sudor y su corazón consumido como las brasas de una locomotora. Se levantó de la cama aliviada de que todo había sido un horrible sueño. Ya había pasado un mes de la muerte inesperada de su marido, pero para ella su vida seguía detenida. No encontraba consuelo alguno para vencer su tristeza. Se dirigió a la cocina para preparar el desayuno y la encontró en estado repugnante. Una rata recorría ágilmente la superficie del fregadero y un sinnúmero de moscas caminaban sobre la única ventana de la cocina. Horrorizada salió corriendo de la casa. Era una mañana soleada y caminó por su inmenso jardín tratando de entender el porqué de su cocina y el extraño sueño que había tenido. Algo que la inquietó fue la presencia de una mujer de blanco que la observaba desde la banqueta en frente de su casa. No hablaba ni sonreía, solamente la observaba fijamente.

Las olas del océano la tranquilizaban. Le gustaba caminar en la orilla sobre ese angosto tramo entre la arena y el mar. Disfrutaba mucho los rugidos del monstruo acuático y la brisa que lamía su piel. *Si tan sólo pudiera colgarme una ola del brazo y llevarla a casa como en el cuento de Octavio Paz* —pensaba —*todo sería perfecto, tendría una compañera con quién reír y cantar y nunca me sentiría desierta en esta soledad asfixiante.* A la distancia volvió a ver a la extraña mujer de blanco. Se recostó en una cama de playa bajo un gran parasol color vino y se quedó dormida. Un fuerte zumbido la despertó. El mar había desaparecido. Ahora todo lo que la rodeaba era color blanco. Aterrada, vio que la mitad de su cuerpo estaba cubierto de avispas. Quiso mover las piernas, pero el miedo a que las destruyeran los aguijones ponzoñosos, la hizo desistir. A lo lejos sobre una duna, un perro negro y un perro blanco peleaban a muerte.

Una vez más abrió los ojos. No era posible que las pesadillas se sintieran cada vez más reales. Por momentos creía entender lo que estaba pasando. Recordaba aquel paisaje verde y el oxígeno puro rejuveneciendo sus pulmones y recordaba también la voz relajante del océano que tanto amaba en los veranos, pero de la misma forma, recordaba la lluvia de anfibios y eso le producía miedo y la adentraba en el abismo de su confusión. En el centro de la habitación había una pequeña mesa de color negro cereza y sobre ésta, un plato redondo con galletas suculentas. Se apresuró y vorazmente se comió una. Apenas iba a ingerir otra, cuando se percató que una de las galletas en el plato parecía moverse. Se inclinó a un lado de la mesa con precaución y acercó su cara al plato para capturar cada detalle. En ese instante se dio cuenta que no era una, sino que todas las galletas se movían con lentitud como siendo manipuladas con un imán por debajo de la mesa. La mujer observaba atónita este fenómeno y sin pensarlo mucho hundió sus dedos en una de las galletas que se desmoronó al contacto y dejó escapar una repugnante bola de gusanos blancos, diminutos y cubiertos en una sustancia pegajosa como la baba que escurre del hocico de algunos reptiles. Se levantó de golpe, desconcertada dando alaridos de terror y tosiendo con toda su alma con ganas de expeler sus intestinos tras haber consumido la asquerosa galleta.

Salió corriendo histérica de la habitación, pero toda su histeria desapareció cuando se dio cuenta que otra vez su entorno había cambiado. Permaneció estática por unos minutos analizando el gigantesco pasillo en el que se encontraba. Por fin se decidió a caminar y al ir avanzando, el piso a sus espaldas iba desapareciendo lo cual no le permitía dar marcha atrás. De repente, se fue la iluminación por unos segundos y la mujer tembló. Al regresar la luz, había una puerta de metal oxidado frente a ella. Sin tener otra opción, la empujó y entró a una gran bodega llena de maquinaria pesada que producía ruidos que penetraban los oídos y cimbraban los tímpanos como campanas. Por más que fruncía el ceño y presionaba sus manos para cubrirse, no lograba escapar del ruido estridente y cayó de rodillas al suelo ahogada en su llanto. La figura fantasmagórica de la mujer de blanco apareció nuevamente y le extendió la mano. Aterrada, se levantó sola y empezó a correr lo más rápido que se lo permitían sus piernas cansadas buscando la salida. En su búsqueda, veía cientos de mujeres vistiendo uniforme laboral y en ese instante entendió que se encontraba en la línea de ensamble de la planta de producción donde su marido había perdido la vida. Lo más extraño era que ninguna de las mujeres se movía y todas le daban la espalda. Se detuvo para verles el rostro, tomó a una de los hombros y al voltearla lo que vio la hizo lanzar el grito desgarrador del terror más puro. Lo que vio, su cerebro no lo podía interpretar más que una explicación diabólica, algo escapado de los confines del infierno. Delante de ella, las obreras se juntaron formando un círculo, atrapándola para que ya no corriera. Lo único que podía ver eran huecos profundos en las caras de las que algún día habían sido mujeres y ahora eran cadáveres putrefactos que caminaban y querían quitarle la vida.

Un alarido gutural escapó de su boca pidiendo ayuda. Cubierta de lágrimas, la mujer gritaba y se retorcía en la cama. Cuatro correas de cuero que sujetaban sus muñecas y tobillos evitaban que se pudiera levantar. La mujer veía un ejército de avispas volando a su alrededor y sentía cómo miles de aguijones penetraban su piel y el veneno invadía su torrente sanguíneo. Gritaba angustiada el nombre de su difunto marido mientras una mujer vestida de blanco le inyectaba una fuerte dosis de medicamento para ponerla a dormir.

El rosario de Lucrecia

Lucrecia cerró la puerta. En medio de la sala, bajó su cabeza y las lágrimas rodaron por su tersa piel, cual pletórico plumaje de cisne nevado. No sollozó. Fue sólo una lúgubre llovizna de recuerdos sombríos, amores ocultos y pétalos violetas. La llovizna no cesó. Se convirtió en ráfagas de viento caliente, un temporal salvaje. De pronto se vio rodeada por olas. Olas que aullaban. Olas lacerantes. Olas que hablaban extraños dialectos. La sala había desaparecido y ahora se encontraba sola en medio de una turbulencia sin fin.

El diluvio de sus ojos parecía infinito. Eterno el llanto. Eterno el olvido. Lenta la llamarada de remordimientos que de forma inevitable, desollaba cada partícula de su piel. Entre el tenue compás de olas que danzaban a su lado y el desierto cuadrangular bajo sus zapatos rojos, vio flotando un rosario, que exceptuando la pesada cruz de plata mexicana, era color negro Bécquer, de madera agrietada como los muros de su memoria. Era un rosario grande y penitente. El mutilado Cristo tridimensional la veía con vergüenza como reclamándole por el desmembramiento de su brazo izquierdo. Todo giraba a su alrededor. Lucrecia se sentía atrapada en un laberinto circular del cual parecía no tener escapatoria.

Temblorosa, hurgaba con rapidez las bolsas de su largo atuendo hecho con la tela de la noche buscando, sin éxito, alguna respuesta o quizá alguna llave que le ayudara a abrir las siete puertas de su laberinto. Lo extraño de todo, es que cada vez que daba un paso o que caminaba un poco, no se mojaba los zapatos, ni la ropa, ni la piel. Cada vez que caminaba, las olas se abrían y le cedían el paso de una forma simbólica, igual que a Moisés. ¿Qué significaba todo esto? Cerró los ojos y recordó las palabras sabias de su madre que le decían que cuando estuviera en problemas, clamara a Dios, pero en esos momentos de desolación, no clamaba a nadie. Su fe había desaparecido algunos años atrás al haber perdido a su familia en un trágico accidente automovilístico, o al menos eso es lo que creía.

A pesar de que provenía de una familia católica y con estudios en instituciones salesianas toda la vida, Lucrecia ya no sabía en qué o en quién creer. En sus momentos de terror, no sabía a quién clamar, quería elevar plegarias, pero no sabía a quién. Todo era difuso en su mente, las religiones, los dioses, la salvación. Lo único que se le venía a la mente eran los dioses del *Popol Vuh*, las deidades prehispánicas que tanto le fascinaban a su abuelo y que plagaron su infancia.

La tempestad al fin terminó. Ojos ahogados, arena en la garganta y un dolor ancestral en sus entrañas, eran algunos de los vestigios sobre el templo ultrajado de Lucrecia. Ya no había lluvia ni ráfagas de viento endiablado, sólo quedaba un océano inmenso a su alrededor, pero algo había cambiado. Un olor nauseabundo se filtraba por sus poros. Al respirar, sus costillas dolían y sentía como si estuviera siendo cazada por guerreros prehispánicos que le disparaban una lluvia de dardos con cerbatanas letales dejándola inerte a una muerte lenta y dolorosa. Las olas seguían enfurecidas, dando alaridos y hablando en extrañas lenguas. El agua ya no era agua. Ahora, una sustancia espesa y putrefacta rodeaba a la desamparada y delirante mujer. Rojo, todo era rojo. Rojo diablo. Rojo esquizofrénico. El rojo frenético de Argento. Sin más ni menos, el océano de lágrimas había transmutado.

Entre toda esta confusión de la cual era prisionera, Lucrecia de pronto vio otro objeto flotando sobre el carmesí de las olas. Era un objeto cilíndrico y compacto. Era de tono blanco y se movía con gracia, como un barco de papel lanzado a altamar por algún pueril marinero. Con cautela, se acercó. Igual que antes, a cada paso que daba, el mar rojo se abría, cual espigas de sorgo dorado. Por fin alcanzó el objeto, era un biberón. Todavía tibia, la leche llegaba a la mitad, dos onzas, era un biberón pequeño. Y aunque el líquido con matices de luna era escaso, ella lo sintió como si fuera la leche del universo. En fracción de segundos algunas imágenes penetraron los muros de su memoria y se desmayó. En su episodio, su inconsciente fue bombardeado por imágenes estrambóticas:

Un escorpión negro caminando entre granos de café.

Sangre.

Dos salamandras apareándose.

Roja.

Una cuna mohosa invadida por hormigas.

Sangre.

La silueta de un hombre.

Púrpura.

Una cascada de leche.

Más sangre.

El rosario negro.

Dolor.

El cuerpo mutilado de Cristo.

Tragedia.

Un bebé.

Tortura.

Un bebé llorando.

Crimen.

Un bebé sin piernas.

Muerte.

—Lucrecia, despierta…

—Vamos mujer, reacciona, ¡despierta ya!

—¿Qué pasa? ¿Dónde estoy?

Al recobrar el conocimiento, se vio andrajosa y demacrada, sus manos eran escombros, residuos de una vida dañada, perturbada por el olvido y la muerte. El vestido nocturnal había desaparecido, los zapatos de matiz granada, también cesaron de existir. Ahora su atuendo era blanco. Blanco espiritual. Blanco redención. Blanco como un renglón torcido. Sus pies estaban sucios y sus uñas amarillentas y petrificadas por el tiempo y la falta de cuidado. El terciopelo negro de su cabellera se convirtió en una estopa amorfa abandonada en un rincón. Su boca se volvió un candado y el aliento metálico de su lengua oxidaba sus glándulas salivales convirtiendo su boca en una caldera de amargura.

Pasmada, la mujer no entendía lo que estaba sucediendo. ¿Qué pasó con el agua roja y las olas parlantes? Si no había olas, ¿dónde estaba su sala y su casa? Todo era tan extraño. Era como despertar de un sueño criogénico y en su letargo, haber borrado por completo sus recuerdos. Ahora ya no estaban agrietado, simplemente los muros de su memoria ya no existían, sólo quedaba un hueco profundo y frío por donde únicamente flotaban peces, calamares y algunas criaturas acuáticas de la Era Mesozoica.

—Vamos Lucrecia, apúrate, vamos a tu celda —le dijo el guardia.

—¿Qué? ¿Dónde estoy?

—Ya hemos hablado esto desde hace siete meses que te trajeron.

—¿Cómo? ¿Siete meses? ¿Dónde está mi hijo? ¿Dónde está mi bebé? ¿Dónde está?

El guardia la observó detenidamente. ¿Cómo era posible que una mujer tan admirable y hermosa cometiera semejantes actos? ¿Qué motivos podrían orillar a una mujer de la alta sociedad a cometer actos tan perversos? Eran preguntas que nadie en sus cinco sentidos podía contestar; sólo la mente mecánica de un demente, la mente enfurecida de un psicópata, la mente perturbada de Lucrecia, podía entender.

La celda se abrió violentamente, con todo el cabello muerto sobre su rostro, entró arrastrando los pies, tenía la cabeza inclinada y la mirada perdida en alguna galaxia desconocida. Se sentó en la pequeña cama de sabanas viejas y se hundió en un abismo de lágrimas; una sensación de tristeza infinita se apoderó de su cuerpo. El tipo de tristeza que le da el valor a una persona para darse un festín con sus propias venas o el tipo de tristeza que hasta la muerte, si tuviera sentimientos, podría sentir penetrándose por su mórbida piel cuando tuviera que arrancarle la vida a quien menos lo mereciera. Cerró los ojos y se quedó dormida.

La tibia sonrisa del sol de abril entró por las persianas. El olor a granos de café recién molido se filtró por la elegante nariz respingada. Una mariposa escapó de sus labios aleteando sus alas en mil colores de alegría y tranquilidad. Carlos Enrique era un hombre excepcional y sentía un gran amor por su esposa. Cada mañana se levantaba temprano a preparar el café que tanto les encantaba a los dos, era una costumbre de casi una década que se había convertido en una especie de ritual que había iniciado desde la primera semana de casados. Los sábados por la mañana acostumbraba, también, salir temprano a comprar diferentes tipos de panes y jaleas para desayunar en el balcón del tercer piso justo afuera de su recámara. Era el marido perfecto. Su vida era el tipo de vida que muchos soñaban tener, de esas que sólo existen en el cine hollywoodense o en los cuentos de hadas. Lucrecia tenía la vida perfecta hasta que dio a luz a su primogénito. Un gigantesco niño con Síndrome de Down al que nombraron Horacio.

Todo cambió, la vida que conocía, huyó lejos para nunca volver. Los lagos de miel en los que ella y su esposo nadaban cada noche, se tornaron lentamente en situaciones complicadas. Poco a poco el ritual cafetero de cada mañana dejó de existir. Las madrugadas románticas y pasionales se tornaron en brumosas veladas de llantos y leche; de pañales y termómetros; de gemidos, y los bronquios rasposos del pequeño Horacio.

Pasaron los meses y no hubo mejoría. El niño lloraba cada noche, sólo que ahora lo hacía más fuerte y más seguido. Lucrecia perdió peso y su semblante jamás volvió a ser el mismo. Una noche de diciembre, su marido le tuvo que dar una mala noticia.

—Lucrecia, tengo que salir fuera del país por unas semanas.

—¿Qué? ¿Cómo? ¿Por qué?

—Sólo será por unas semanas, mi vida. Todo va a estar bien.

—¿A dónde te envían?

—Brasil.

—¿A Brasil?

No lo podía creer, la expresión en su cara era de horror, un escalofrío recorrió su cuerpo al saber que iba a estar sola con su hijo.

—Sí, amor, voy a Brasil y pasaré el día 25 fuera de casa. Es una emergencia y no hay forma de posponer este viaje. Es inminente que tome un vuelo…

—¡Ya cállate! No me digas más y lárgate… ¡déjame sola con TU hijo!

Esa noche la fatigada mujer no durmió. Tenía miedo de estar sola. Desde el nacimiento de Horacio cuatro meses atrás, ella había cambiado. ¿Por qué no pudo tener un hijo normal? Todas sus amigas tenían niños sanos e inteligentes. ¿Por qué Dios la había castigado de esta forma tan cruel? ¿Por qué le había dado esa cruz tan pesada que tenía que cargar por el resto de su vida? Eran preguntas que daban círculos en su mente y nadie le podía contestar.

La Navidad fue triste y aburrida. No hubo regalos ni cena navideña. Lucrecia se la pasó deprimida envuelta entre las colchas.

Horacio lloraba y lloraba, pero a la madre desolada no le importaba. En su profunda depresión, a veces pasaban días sin cambiarle el pañal a su hijo y cuando por momentos salía de su trance y lo atendía, la suave piel de Horacio sufría, cada partícula de su piel ardía por las rozaduras que parecían una masa de brasas. El salpullido y la irritación de la piel eran tan intensos que hasta unas ligeras llagas se esparcían bajo sus pequeños testículos produciéndole quemaduras y dolor a la inocente criatura. Su cuna, también estaba sucia y descuidada. Pasaron las semanas y por fin el dedicado funcionario regresó de su viaje de negocios.

—Antes de tu ejecución, se te va a conceder una última voluntad —sentenció el juez.

La sentenciada no dijo nada.

—Lucrecia, ésta es tu última noche. ¿Tienes alguna petición?

La que una vez fue una gran señora, yacía inmóvil, su mirada perdida en el abismo.

—Por última vez…

—Mi rosario.

—¿Qué dijiste?

—Quiero mi rosario. Ese fue el último regalo que me dio mi marido. Quiero rezar y recordarlo en mis últimos momentos de existencia.

El juez bajó la mirada y accedió a la última petición de la prisionera.

—A las 5:35 de la mañana vendremos por ti. Descansa y que Dios o Satanás se apiaden de tu alma.

La celda se cerró. Entre lágrimas negras, cayó en un profundo sueño.

En su locura, Lucrecia tomó a su hijo de las dos piernas y lo azotó salvajemente contra la pared de su cuarto. La criatura siguió llorando, lo azotó otra vez y el llanto bajó de intensidad. Lo azotó una vez más hasta que el bebé calló por completo. El tercer impacto fue tan violento que el sollozo de la criatura se cortó de golpe al igual que el gemido de un chivo al ser degollado para convertirse en manjar. El tierno cráneo de Horacio se rasgó por la mitad y al instante, su pequeña cabeza derramó un ligero hilo de sangre virgen. La sangre del cielo. La de los ángeles y los dioses. La sangre recién creada, sangre nueva, sangre muerta.

Enloquecida, abandonó la habitación, bajó a la cocina y se sentó en el mosaico frío. Su mirada abismal hundida en la nada y en su mente, voces extrañas invadían su sentido. Todo estaba borroso, gotas de hielo escurrían de su frente y el verde palpitante de sus venas era una estampida en sus sienes. El rosario maldito colgaba de su cuello y el crucifijo de plata parecía derretirse sobre la piel de su pecho como si ella fuera una abominación de la noche. En ese momento llegó su marido.

—¿Dónde está el niño, Lucrecia? ¿Dónde está Horacio?

Lucrecia yacía inerte, un aura tétrica cubría su cuerpo y una atmósfera densa envolvía el hogar; su cabello y pies descalzos estaban cubiertos por la sangre de la inocente víctima. Sin pensarlo, el padre del niño subió como loco por las escaleras y lo que vio lo paralizó por completo. Se llevó las manos a la cabeza y cayó de rodillas ante el cuerpecito inmóvil de su hijo. Horacio vestía el mameluco celeste con diseños de cohetes y planetas que tanto le gustaban. Sus piernas estaban fracturadas, su espalda hecha pedazos y su cráneo, agrietado, a punto de partirse en dos como un melón maduro cuando se impacta con el suelo. En su rostro, el terror se hundía en cada línea de su piel. El color morado invadió su frente y pómulos debido al trauma y el sangrado interno. Sus labios carnosos lucían opacos y su boca semi-abierta vertía las últimas gotas del vital líquido escarlata. El hombre, destrozado, empezó a llorar en el más desgarrador lamento que alguna vez se hubiera penetrado en las paredes de su hogar. Abrazó al pequeño Horacio, lo besó y susurró el último "te amo" a su oído. Luego cuidadosamente, lo levantó y lo acostó en su abandonada cuna.

Después de dejar a su hijo, el hombre ya no estaba aterrado, ahora la furia se apoderó de él y con instinto asesino bajó las escaleras corriendo para enfrentar a su mujer. Pero la furia le duró muy poco, cuando pisó el último escalón, Lucrecia apareció de la nada y lo golpeó brutalmente con un bastón de golf en la frente. Al caer al suelo, la mujer siguió derramando una lluvia salvaje de golpes penetrantes por todo el cuerpo de su esposo y claramente se escuchaba cuando cada costilla se fracturaba. Tardó sólo unos segundos para que la vida de su compañero se desvaneciera. Lucrecia se sentó con las piernas abiertas sobre el cadáver de su esposo, tomó el rosario entre sus manos y con la pesada cruz de plata comenzó a escarbar meticulosamente los ojos de su cónyuge. La cruz se hundía con facilidad en la superficie gelatinosa deslizándose como un cuchillo sobre barras de mantequilla. Una explosión de colores y hologramas hipnóticos giraban como rehiletes al filo de su mirada. En su locura, disfrutaba cada movimiento, cada giro que le daba a sus muñecas para extraer los ojos que algún día la llenaron de amor y respeto y que la hicieron sentir la mujer más importante del planeta. Lucrecia sonreía por el fastuoso banquete que se estaba dando; en su rostro ya no existía ningún rastro de ser humano. Su semblante era maléfico, como si su cuerpo hubiera sido poseído por una legión de demonios que se retorcían en éxtasis al estar cometiendo la carnicería más sádica de los últimos tiempos. La asesina se levantó impregnada de sangre y muerte y como si nada hubiera sucedido, se fue a dormir a su cama. En la sala, el cuerpo inerte de su marido yacía destruido, dos huecos en su rostro culminaban la obra más enfermiza jamás registrada en los anales criminológicos del país.

De nueva ocasión, la celda se abrió, haciendo un eco metálico.

—¡Despierta Lucrecia, hoy es el día! —vociferó el guardia.

—¿Qué día, qué pasa?

—Hoy es el día en que vas a pagar por lo que hiciste.

—¡Cómo…yo no hice nada! ¡Sáquenme de aquí!

La primera descarga, 2000 voltios, rompió la resistencia inicial de su piel causando que la ejecutada perdiera el conocimiento. El flujo de corriente eléctrica destruía lentamente los órganos internos del cadavérico ser. Su cuerpo temblaba, sus manos y sus pies se torcían en un torbellino de espasmos y su piel blanca se convertía en barras de carbón. El olor a piel chamuscada y huesos en proceso de calcinación era repugnante. Era el amargo olor de un alma corrompida, el olor del miedo y el terror, era el olor podrido de la muerte.

En cuestión de minutos, Lucrecia quedó inmóvil, sus manos escabrosas, sus ojos como corchos y el alma desintegrada. En su fatal cuadragenario, Lucrecia murió. Sobre su cabeza, el rictus de Lucifer la bañaba y le mostraba el camino al valle de las ánimas crucificadas, a los océanos de azufre por donde su alma desgarrada ardería eternamente.

—Crac…

Fue el sonido del rosario al caer de su mano.

El extraño caso
de la hija del dentista

"Eran... ¡los dientes de Berenice que yo le había arrancado en su tumba!"

Los ojos de la pequeña se abrieron de asombro al escuchar el final de aquel cuento macabro que la tía Mara le acababa de leer. Sentada sobre su cama, la niña de diez años se sentía flotar en un océano de confusión. Con sus piernas entrecruzadas, piyama color violeta y un vaso con leche en la mano, observaba a su tía que la miraba con ojos de arpía y una extraña sonrisa en el rostro.

—¿Por qué le arrancó los dientes, tía?

—Es lo que le pasa a las niñas que se portan mal.

—Y... ¿usó los instrumentos que mi papá usa para ayudar a sus pacientes?

—Así es, pequeña. Usó los mismos instrumentos de cirugía dentaria con los que tu papá trabaja.

—Pero, mi papá no es malo y...

—Y nada. Ya es hora de dormir, Berenice. Mañana leeremos otro cuento.

La niña ya no dijo nada. Le entregó el vaso a su tía, se acomodó bajo las sábanas y cerró los ojos. La mujer se quedó unos minutos observando la juventud y la inocencia de su sobrina. Era una niña muy hermosa de una blancura frágil como el plumaje de un cisne, de grandes ojos que parecían un bosque nórdico y una hermosa cascada de diamantes negros que llegaba hasta la mitad de su espalda. Todos los que veían a la pequeña Berenice no podían evitar expresar la belleza de la niña. Esto no le agradaba a la vieja. Apagó la luz y abandonó la habitación. Todos dormían. Por fin la casa estaba silente. La mujer se preparó un té de manzanilla y se sentó en el sillón más cómodo de la sala. El líquido ardiente casi calcinaba su paladar, pero aun así lo bebía a grandes sorbos. Recordaba con enfado los días de su triste niñez. Era imposible olvidar tantos rechazos de su madre y las comparaciones injustas con su hermana menor.

—¡Qué mal te ves! ¿Por qué te peinaste así? Aprende a tu hermana, ella sí sabe peinarse.

—Mamá, pero usted me dijo que me recogiera el cabello…

—Sí, pero no te pareces nada a tu hermana. Ni siquiera te has bañado.

—Sí me bañé…

—¡Cállate, hueles muy mal! Tu hermana siempre luce radiante y tú siempre tan sucia y tan fea.

Los recuerdos sonaban en su cabeza como un enjambre de abejas. Una y otra vez se martirizaba por los desprecios y el maltrato de su madre. Desde que era una niña se preguntaba si su madre la quería. Ya era una mujer grande de edad y el abuso psicológico de su infancia la había marcado de por vida, a tal grado que nunca había encontrado la felicidad, siempre estando sola y taciturna, asfixiándose en la letanía de los monstruos que corroían su existencia.

A la mañana siguiente, la pequeña Berenice desayunaba feliz a un lado de su papá. Siempre lo había amado mucho, pero desde el fallecimiento de su madre tres años atrás, la relación con su padre se había vuelto más unida como una cadena indestructible. El amor que sentía por su papá rebasaba cualquier explicación humana. El hombre era un exitoso cirujano dentista que administraba su tiempo con mucho cuidado para siempre estar disponible para su única hija. Soñaba con que ella algún día siguiera sus pasos en la rama de la odontología y trabajaran juntos en su consultorio. Por lo mismo, cualquier duda o pregunta que la niña tuviera sobre su trabajo, el orgulloso padre le contestaba con lujo de detalle sin importarle lo grotesco que a veces estas explicaciones solían ser. La odontología no era una carrera para mentes frágiles, en sus labores había jeringas, instrumentos quirúrgicos y mucha sangre. Su hija debía saberlo y estar lista para cuando llegara su tiempo de asistir a la universidad. La tía malvada afirmaba todo lo que el papá le decía a su hija y él se sentía agradecido y muy afortunado que la hermana mayor de su difunta mujer hubiera accedido a vivir en su casa para cuidar a su hermosa primogénita. Terminaron el desayuno, padre e hija salieron de la casa:

—No olvides que esta noche te contaré otra historia, sobrina, —le dijo a la niña, con voz amigable.

Desde la muerte de su hermana, Mara se había mudado a su casa para ayudar a su cuñado con los quehaceres domésticos y el cuidado de Berenice. Con el trabajo del hogar, había cumplido, pero no con la inocente criatura. Cada noche enredaba a la dulce niña en los relatos más espantosos de la narrativa gótica del siglo XIX con el único propósito de aterrarla. De que creciera insegura, asustada y que su infancia se tornara oscura como la de ella misma. Sabía que los niños absorben como esponjas todo lo que ven y escuchan a su alrededor. Gracias a su hermana, su infancia había sido un infierno y ahora que sus restos eran el alimento de los gusanos, su misión era recrear ese infierno en la vida de su sobrina.

"Me pareció que el alma abandonaba mi cuerpo, y una rabia más que diabólica, saturada de ginebra, penetró en cada fibra de mi ser. Saqué del bolsillo del chaleco un cortaplumas, lo abrí, agarré al pobre animal por la garganta y deliberadamente le hice saltar un ojo de su órbita".

La niña, horrorizada, no podía creer que alguien fuera capaz de lastimar a un pobre animal.

—¡Pero el gato no hizo nada, tía!

—Al igual que los humanos, a veces los animales también necesitan ser castigados, sobrina.

—No… pero era un gatito negro como el de la vecina.

—Exacto, Berenice…quizá tú debas intentar lo mismo con ese gato.

—No, tía, qué miedo. ¡Yo no soy mala como el hombre del cuento!

—Todos tenemos maldad en el corazón, sobrina. Tu padre hace sufrir a la gente con sus instrumentos y tú quieres ser como él cuando seas grande, ¿no?

—¡No, mi papá es bueno!

—Algún día entenderás lo que te digo, Berenice.

Esa noche, la niña no pudo dormir. Las palabras de la dama cruel la habían herido y una ola de pesadillas violaba su inconsciente. El padre lloraba desconsolado a un lado de la cama velando el sueño de su hija. A pesar de que ya habían pasado varios años, le atribuía las pesadillas a la ausencia y el trauma por la pérdida de su madre. Si pudiera regresar el tiempo, lo haría. "Qué difícil es la vida", —pensaba.

Llegó el fin de semana. Era una tarde apacible, se respiraba un aroma de limpieza y serenidad en la casa después del incidente sucedido unos días atrás. La tía Mara preparaba la merienda y el dentista leía el periódico. Mientras tanto, Berenice jugaba en el jardín con el gato negro de la vecina. Era un gato de casa, manso e inofensivo, pero al verse amenazado por las tijeras que Berenice intentaba meterle por los ojos, atacó ferozmente a la niña. El gato enfurecido no se le despegaba de la cara. La pequeña gritaba de terror al sentir las uñas afiladas del felino como navajas desgarrando la porcelana de sus mejillas. El gato maullaba colérico y por más que la niña intentaba quitárselo de encima, no podía. Era como si el mamífero hubiera sido poseído por mil demonios. Aquel animal pacífico que jugaba con bolas de estambre y comía comida enlatada, había cambiado. El olor a miedo y el tibio sabor de la sangre humana había despertado al felino sanguinario que llevaba adentro. Al escuchar los gritos y los bufidos espeluznantes del gato, el padre fue al rescate de su hija. La encontró sola, tirada sobre el césped. Su cara estaba cubierta de sangre y la piel de sus mejillas destruida por los zarpazos profundos de su atacante. El padre angustiado la tomó en sus brazos. Por la ventana, la perversa tía contemplaba la escena. Una sonrisa maquiavélica se dibujaba triunfal en su rostro.

Pasaron tres días para que la niña saliera de su habitación. Su abuelo y amistades de la familia fueron a verla al enterarse de lo ocurrido, pero Berenice no quiso ver a nadie. Fueron días sombríos y sólo se había limitado a los alimentos que la tía le llevaba para comer. Al ver su reflejo en el espejo, ya no era lo mismo. El gato no había tenido compasión. Aquella niña inocente de mejillas límpidas ya no existía. Cuatro rayas bien definidas se extendían en diagonal sobre su rostro desde la superficie inferior del ojo derecho hasta la mitad del cuello. Las garras del felino habían abierto la tierna piel de una forma tan brutal, que el médico había tenido que suturar para cerrar las heridas. La mitad de su rostro se veía normal, pero la otra mitad lucía desfigurada. Ya no sería la niña hermosa que su papá amaba. Ya no recibiría más comentarios exaltando su belleza. Ya no sería idéntica a su madre. Irónicamente, la niña se sentía como un personaje monstruoso de los cuentos que su tía le leía cada noche antes de dormir.

Pasaron varias semanas. Las heridas en el rostro de la niña sanaron. El dentista se tomó unos días de descanso para atender a su hija, pero ya nada era igual. La niña se convirtió en una estatua de sal. Su semblante jamás volvió a ser el de siempre. La tía dejó de leerle las narraciones extraordinarias y decidió que era tiempo de partir. Le explicó al afligido hombre que ya no aguantaba más, que ver a Berenice en ese estado le producía una tristeza profunda, que prefería mejor estar ciega, que tener que verla hundida en ese estado tan lúgubre. El hombre entendió, pero le pidió que se quedara un día más, ya que en la noche tendría que salir de casa. Esa sería la última noche que dormiría bajo el mismo techo. La mujer accedió.

El reloj marcó las tres de la madrugada. La mujer dormía a profundidad. La niña entró a la habitación. En una mano llevaba una jeringa, en la otra unas pinzas para extracción dental. Observó el cuerpo descubierto de su tía. "Es una mujer realmente muy fea", pensó. Sin dudarlo mucho, clavó la aguja en el cuello de Mara. La mujer abrió los ojos, pero no se pudo mover. La sustancia concentrada de anestesia que la niña le inyectó, la inmovilizó del rostro hasta la cintura. Apenas podía mover la boca.

—Berenice, ¿qué haces? —dijo entre dientes.

—Quiero ser como mi papá.

—Espera —fue la última palabra que apenas pudo escapar de sus labios.

—Tía, tú me has enseñado que la gente debe ser castigada…

La niña brincó encima de la vieja. Se sentó sobre su esquelético torso y con las pinzas intentó extraer uno de sus dientes, pero no pudo. No tenía la fuerza de un adulto para llevar a cabo la extracción. Los ojos de Mara ya se habían acostumbrado a la oscuridad de la habitación y pudo ver el rostro cicatrizado y la mirada demente de su sobrina. La mujer yacía inerte, aterrada ante la hambrienta silueta de la niña. Al darse cuenta que arrancar los dientes era más difícil que lo que el cuento narraba, sacó de entre su vestido las mismas tijeras que había intentado usar en el gato de la vecina. Hundió el pico afilado en uno de los ojos de la mujer que gemía y movía las piernas angustiada. Escarbó minuciosamente en la cavidad mientras el cuerpo se convulsionaba. Para su sorpresa, hacer saltar un ojo de su órbita fue más fácil de lo que se imaginó.

Al igual que el gato, Berenice había cambiado. Una maldad que desconocía, despertó en ella como si los demonios que habían tomado el cuerpo del felino hubieran encontrado residencia en su frágil cuerpo de princesa atormentada.

EL ÚTERO DEL INFIERNO

El viaje

El hombre despertó empapado. Tembloroso se levantó de la cama, caminó hacia el baño y se lavó los dientes. El sabor a menta de la crema dentífrica le produjo asco y vomitó sobre el lavabo el espíritu del alcohol embrutecedor y algunos residuos de naproxeno. Cada noche, el miedo a morir le carcomía el cerebro, la taquicardia lo dominaba y la ansiedad era terrible. Desde niño sufría ataques de pánico que su madre le controlaba con fuertes dosis de medicamento, pero ya no era un niño. Todavía se sentía nervioso y todo su cuerpo hiperventilaba. Desde la base de su nuca las gotas de sudor escurrían como hojas de miel hasta las vértebras de su columna. "¿Qué demonios pasó anoche?", se preguntaba.

Las sensaciones que había experimentado habían sido diferentes a cualquier otro ataque de pánico que hubiera tenido en cuarenta y siete años. Quizá la mezcla de alcohol y medicamento no había sido buena idea. Aún podía sentir el cosquilleo en su brazo izquierdo como si un ejército de hormigas caminara desde su hombro hasta la palma de su mano sudorosa. El simple hecho de recordarlo lo metía en un trance de nervios. De repente sentía que le faltaba el aire, apenas podía respirar y las semillas del miedo brotaban como plantas carnívoras sobre la superficie de su piel aterrada. Su corazón se aceleraba y podía escuchar los latidos que retumbaban como campanas en una catedral abandonada. ¿Acaso el corazón le iba a reventar? ¿Le vendría un infarto que no pudiera resistir causándole una muerte espantosa? Ésta y mil preguntas más eran un hervidero de temores en el subterráneo melancólico de sus pensamientos. Sabía que no tenía nada, que todo estaba en su cabeza, que el poder de la sugestión era muy peligroso y que una vez que su mente lo controlara, el resultado podía ser fatídico. Se decía a sí mismo que no tenía nada, que era un hombre delgado y sano, pero su terror a la muerte lo traicionaba y una vez más la cadena de pensamientos se apoderaba de él y sentía morirse en la oscuridad de su habitación.

En la pared más larga de su recámara había un gigantesco espejo antiguo. No había nada más, sólo el espejo. Era de forma rectangular y estructura metálica de tonos plateados cubiertos por el polvo y la opacidad del tiempo. En su confusión y lucha por vencer a sus demonios se paró frente a éste. Vio su mirada cansada por la falta de sueño y su rostro pálido como el de un paciente en su lecho de muerte. De pronto su reflejo parpadeó dos veces y le preguntó con voz firme:

—¿Por qué tienes tanto miedo?

El hombre, desconcertado, se estremeció y dio un salto hacia atrás perdiendo el equilibrio al pisar una botella vacía de vodka de la noche anterior. Tembloroso, se levantó del suelo y con cautela se acercó al espejo y ahí estaba su reflejo observándolo con una mirada burlona y sarcástica.

—¿Por qué te asustas? ¿Acaso no sabes quién soy?

—Esto no puede ser real, debo estar perdiendo la razón y ahora imagino que el espejo me habla. Esto no es real, todo está en mi mente.

—No. No es tu imaginación, esto es real. Mírame a los ojos. ¿Qué es lo que ves?

—¡La muerte! No quiero morir. Todavía tengo muchas cosas que hacer en este mundo.

—Has desperdiciado tu vida en los placeres de la carne consumiendo, sin importarte, el veneno que le infligías a tu cuerpo y a tu familia. Mírate, solo, abandonado, perdido en la miseria y la decadencia de tus sueños. Tienes que morir.

El hombre se quedó callado. Silencio, oscuro silencio. Con lágrimas en los ojos y perdiendo su dignidad de hombre, con voz quebradiza, preguntó:

—¿Acaso eres Dios?

Una risa macabra retumbó haciendo eco en la habitación.

—Yo no sé nada de Dios. Él no tiene nada que ver en este asunto. Es lo patético de ustedes los falsos creyentes, al instante que les pasa algo que no pueden comprender de inmediato piensan en Dios y en los Santos.

—Tengo un hijo, necesito ver que esté bien. No puedo morir.

—Los hijos son el reflejo de los padres. Lo mejor para ese niño es nunca volverte a ver.

—¡No, necesito verlo, necesito una segunda oportunidad!

—Hay una cruz celeste bordada sobre tu frente. Tienes que morir.

—¡No puedo dejar a mi hijo sin padre!

—Tu hijo ni siquiera recordará tu nombre.

De pronto el espejo se volvió negro. El hombre no podía ver nada, todo era tinieblas y hacía un frío intenso que destemplaba sus sienes y daba la sensación de que eran oprimidas por un torno gigantesco. Se dio cuenta que ya no estaba en su habitación. Algo había pasado y el entorno había cambiado. El suelo ya no era liso, ahora estaba parado en una superficie pétrea que lastimaba las plantas de sus pies descalzos. Por instinto empezó a caminar hacia enfrente tratando de entender lo que pasaba. A la distancia podía escuchar agua, quizá un arroyo y ruidos estridentes de animales, como hambrientos cerdos arruando sin control. El frío se intensificaba, pero seguía caminando. Su corazón palpitaba de forma frenética, tenía pavor, pero su voz interna le decía que tenía que seguir avanzando. De improviso, el camino pétreo se volvió fangoso. Sus pies se hundían entre el lodo y charcos de una substancia tibia y pegajosa. Ya no escuchaba agua, ahora escuchaba cadenas que eran azotadas contra las paredes de forma vehemente y un olor penetrante a carnicería se filtraba por su nariz. El hombre ya no pudo más, se sentía como un personaje en una novela de Clive Barker, y empezó a correr despavorido hasta que se topó con una pared. Como loco empezó a explorar el ladrillo de la superficie hasta que encontró una abertura vertical gigantesca. Introdujo las dos manos y poco a poco fue metiendo su cabeza, su cuello, sus hombros hasta entrar por completo. Al entrar, cayó en un recinto, compacto y ovalado como un huevo, y se vio flotando en un líquido aceitoso que le llegaba hasta el cuello. Confundido, el hombre empezó a nadar con mucha dificultad porque la espesura de ese líquido lo detenía y sentía sus brazos como alas de mosca cubiertas de almíbar. A lo lejos pudo distinguir una puerta roja en forma de triángulo. Nadó lo más rápido que pudo hasta que llegó a la puerta y encontró la salida. Al escapar de esas aguas amnióticas, entendió que estaba en el útero de su madre.

Al salir por la puerta roja, un centenar de vidrios cortaron su cuello, sus manos y sus brazos al mismo instante que caía al suelo de su recámara y el gran espejo antiguo se hacía añicos sobre su espalda, cortándolo y cubriéndolo de partículas lacerantes que le producían dolor al enterrarse como sanguijuelas debajo de su piel. Cubierto en su propia sangre, el hombre se levantó vacilante al darse cuenta que estaba de regreso en su habitación. De inmediato percibió un aroma nauseabundo que le provocó ganas de vomitar, pero por más que su abdomen se contrajo, no pudo expeler nada de su estómago. Cuando levantó la mirada, el horror sacudió sus entrañas al darse cuenta que alguien estaba dormido sobre su cama. Se acercó y lo que vio fue el cuerpo descompuesto de un hombre cubierto de gusanos albinos que hundían sus ganchos bucales devorando la carne muerta. Con asombro observó el paisaje macabro y todo empezó a tener sentido. El cosquilleo regresó a sus manos, su respiración se debilitó y su cuerpo empezó a derrumbarse. Todo comenzó a girar a su alrededor y sintió un dolor punzante como si una peineta de alfileres rascara sus adentros desprendiendo su alma martirizada. El terror consumió sus venas tan rápido como el fuego devora la pólvora. Lo único que escuchó a la distancia fueron los gemidos de las almas torturadas que le daban la bienvenida a su nuevo hogar. Finalmente, lo que en su inconsciente siempre había deseado, se hacía realidad. En un segundo, todo quedó en tinieblas. Ya no vio ni escuchó nada, sólo los latidos de su negro corazón galopando hacia el viaje inevitable, a los senderos de la soledad y el tormento infinito.

Una mañana...

Todavía caliente, la cacha de la pistola pesaba toneladas en la mano de la mujer que yacía inerte de rodillas sobre la alfombra. Confundida, un timbre ensordecedor carcomía sus oídos bloqueando todo el ruido a su alrededor. El olor a pólvora se filtraba por las cavidades aterradas de su nariz. Su rostro empapado de sudor y lágrimas no reflejaba el odio que consumía sus vísceras. Por la esquina de su ojo izquierdo veía una sombra que se movía sin control para todos lados. Levantó su mirada y sobre una mesa de centro vio dos tazas vacías. Una taza era negra, la otra era blanca y estaba manchada de lápiz labial rojo. Observaba, pensaba y trataba de recobrar la calma. Giró la cabeza hacia la izquierda y la sombra incontenible tomó forma. Levantó la pistola una vez más y de un certero disparo en el pecho, mató al enorme perro que luchaba por romper la cadena que lo aprisionaba. En sólo unos segundos, los ladridos se convirtieron en gemidos hasta que el último aliento escapó del hocico ensangrentado del animal.

Los rayos del sol acariciaron de forma violenta los párpados cubiertos de rímel seco. La mujer se levantó con un terrible dolor de cabeza. Confundida y con el estómago revuelto, se dio cuenta que su ropa estaba manchada de sangre. En el centro de la habitación vio al perro muerto y al lado de ella, una caja de Tafil vacía. No entendía bien lo que había sucedido. Ni cuántos días había estado fuera de sí. Un silencio abismal la rodeaba. Poco a poco el panorama se empezó a aclarar y recordó todo. Las lágrimas escaparon del estanque pútrido de sus ojos. Silencio. Miedo. Moscas. Era lo único que se escuchaba a sus espaldas. Los zumbidos de moscas consumiendo aquel pantagruélico festín.

Tambaleante, se levantó y caminó hacia la cocina. Abrió el refrigerador y sólo encontró una jarra mohosa y a su lado un enorme pedazo de piña echada a perder. La tomó entre sus manos y comenzó a devorarla con mucha ansiedad, como si tuviera un apetito voraz. El sabor era asqueroso, pero por alguna extraña razón, seguía hundiendo los dientes sobre la textura oscura de la fruta. Al pasar la pulpa sentía cómo su paladar se escaldaba, pero también sentía que sus adentros se pudrían y ella misma se convertía en una masa nauseabunda con el pedazo de fruta repugnante. De pronto… un estallido.

Súbitamente, el pedazo mordisqueado de piña cayó sobre el mosaico. Mares de oro rojo inundaron el piso y continuaron devorando la piña que flotaba a la deriva en un charco de sangre.

Fotografía

Eran las 8:03 de la mañana cuando la joven pareja se sentó en la mesa para desayunar. En su mano derecha, él llevaba un maletín de tono miel opaco de aspecto viejo y maltratado. Algunas hojas de papel blanco eran visibles al haber quedado machucadas entre las fauces escuálidas de éste. Él, muy delgado y muy propio para sentarse, observó su reloj para mostrar su inconformidad al no ser atendidos rápidamente por la mesera. Se lo mostró a su acompañante con frustración, pero al mismo tiempo con orgullo, pues era un elegante reloj, redondo, extra plano de oro blanco y de extraordinaria manufactura. Ella solamente lo observó y no dijo una sola palabra. Pasaron algunos minutos y nadie se acercaba a la mesa hasta que él se levantó de su silla y con voz firme exigió un menú y haciendo la señal universal de la paz con sus dedos, pidió dos cafés. De inmediato se acercó una joven mesera. Era alta de cabello rubio y rizado, de mirada nocturna y sonrisa lunar.

— ¿Leche y azúcar? —preguntó cordialmente.

— Lo tomamos negro, gracias.

—Muy bien, ¿le gustaría ordenar…

—Sólo café…negro. Sólo café.

—Gracias, con su permiso.

Abrió el maletín, sacó una fotografía y varios papeles. Le puso algunas copias a la joven mujer cerca de su café y le dijo que pusiera atención a la cláusula sobre las propiedades. Ella no respondió. Su silencio hacía que el desayuno fuera incómodo y enigmático para ambos. Enojado, tomó su café y lo bebió apresuradamente sin importar el ardor que sentía en la lengua y el paladar. El hombre se quedó serio, estático, mirando hacia el umbral de un abismo que él mismo había creado. Miró a su alrededor y lo que antes era un pequeño restaurante de colores cálidos y esencia de hogar entrañable, se había convertido en un lugar áspero y cenizo. Sus paredes eran frías, oscuras y los hongos del pasado ocupaban cada espacio del techo agrietado. Los dos ventanales lo veían con represión, violando hasta el pensamiento más escondido en la tumba de sus recuerdos. ¿Acaso la vida no era más que un carrusel apto para los inmaculados?

Tomó las pálidas manos de su acompañante sin mirarla a los ojos. Hermosas manos de crema etérea, blancas, níveas, puras como el plumaje celestial de serafines; largos dedos como tallos de tulipanes plateados y uñas hechas con el mármol del Olimpo. Con infinita delicadeza acercó las manos de diosa a sus labios, cerró los ojos, suspiró profundamente y las besó con ternura. Deseaba quedarse unido a esas manos al sentirlas en sus labios para alcanzar la perfección o quizá la redención a su perversa realidad, pero eso no sucedió. Sus ojos seguían cerrados y en ese trance sólo estaban él y las manos tibias que yacían entrelazadas bajo la adoración de sus labios. Un silencio misterioso rodeaba su entorno.

Al abrir los ojos, lo primero que vio fue la taza de café, todavía llena, que ella nunca se tomó. Todo seguía en silencio. Se levantó de la silla y vio que toda la gente, que apenas unos minutos antes disfrutaba en armonía los placeres del desayuno, corría despavorida hacia la puerta de salida. Las meseras y trabajadores de la cocina también corrían como si estuvieran huyendo de algo aterrador. El pánico en sus miradas y los gestos de ansiedad demostraban que el terror verdaderamente se filtraba por debajo de sus poros. El espíritu del miedo respiraba por cada muro de ese restaurante familiar. Extrañamente, el hombre presenciaba todo en silencio. Confundido, veía el caos a su alrededor, pero no oía nada. Fue hasta que vio las luces pintando de rojo y azul las paredes del establecimiento que el demente despertó de su trance.

Apresuradamente, cerró el maletín y salió huyendo a toda velocidad por la puerta trasera.

—*¡Bang, bang, bang!*

Una sinfonía estruendosa de diferentes calibres se dejó escuchar mientras una lluvia de plomo despedazaba los adentros del hombre, desgarrando cada músculo, exprimiendo cada arteria… castigando cada membrana, cada nervio de su cuerpo. Una hambrienta bala de calibre .45 alcanzó su hombro derecho. El maletín voló por los aires dando varios giros, abriéndose y arrojando cientos de hojas, algunos instrumentos quirúrgicos y dos pálidas manos mutiladas. El maniático se desplomó sobre la superficie de caliche quedando cubierto por un manto de hormigas moradas. Al fondo, sobre una mesa sólo quedó una fotografía empapada por café negro y una dedicatoria: *"Para Adán, mi hermano precioso…un beso, Eva"*.

Tierra

Un niño se perdió en un bosque. Un bosque triste, tétrico y tenebroso lleno de árboles flacos y desnutridos con brazos como de esqueleto y cabellera color púrpura. Un hermoso cuervo con plumas de diamantes negros lo seguía mientras de su pico inclemente brotaban "Las letanías de Satán" en francés antiguo. El niño aterrado comenzó a correr, sus pies desnudos se enredaban entre la dura maleza que los raspaba y los hacía sangrar. El niño corría y corría invadido por el terror de este paisaje burtoniano. El ave siniestra que seguía volando justo encima de su cabeza gritaba, y el "¡Oh Satán!" retumbaba entre las venas gruesas de los troncos vetustos que crujían con el viento como la leña cruje al ser vencida por el fuego.

En su escape, un río de sustancias amarillentas se atravesó en su camino. La corriente arrastraba cientos de peces muertos, todos flotando sobre la aterradora superficie de navajas y olvido. Sin pensarlo, el niño dio un salto infructuoso intentando cruzar el holocausto bajo sus pies. Cayó en las aguas purulentas y se vio rodeado de muerte, despojos humanos y cabezas cercenadas. Asustado y casi ahogándose, salió del río a gatas, tosiendo y dando gritos estridentes como animal de rastro implorando misericordia. Se tumbó en la hierba opaca y se dio cuenta que el ave infernal había desaparecido. Se incorporó. Volvió la mirada y el bosque era un monstruo gigantesco hecho de fuego y explosiones, de balas y granadas: el infierno creado por el hombre. Una gran bandera de tonos camuflados desplegaba la leyenda, *"Bienvenidos a T"*.

DÍAS ESTRAMBÓTICOS

La hostería

Las gotas de agua caían con violencia como si el cielo escupiera martillos sobre el capacete de mi auto. Llevaba horas manejando y la noche parecía hacerse cada vez más negra. Mi cabeza era un hormiguero de recuerdos. Siempre fui fiel a mis ideales, a mi familia, a mi mujer, ¿por qué me pagaba de esa manera? El simple hecho de recordar su mirada me transportaba al instante mismo en que la encontré con otro hombre. Maldita. Alejarme de ella, era el motivo por el que había decidido internarme en el centro de Europa. Tenía que huir de mi pasado tormentoso y poner mis pensamientos en orden. Quizá intentar rehacer mi vida.

Maldita. A lo lejos vi un letrero iluminado que decía *Herberge-Hostel* y viendo que era imposible manejar contra las fauces de la tormenta, decidí detenerme en ese hostal.

Mi alemán no era muy bueno, pero podía darme a entender. Sin batallar mucho alquilé un cuarto y me dirigí a descansar. Al caminar por el largo pasillo que conducía a las habitaciones, me percaté que en medio del vestíbulo había una mujer muy hermosa sentada en un gran sillón de terciopelo negro. Su piel pálida era un paisaje molecular que los mismos dioses teutones debieron haber diseñado y una estampida de corceles negros deslizaba por su larga cabellera hasta cubrir sus dóciles pechos. La vi con discreción sin insinuarme de forma ordinaria, pero sí la saludé con una mirada cordial y ella asintió con una sonrisa. De prisa entré en mi habitación para asearme un poco y de inmediato regresé al vestíbulo para conocer a la bella mujer.

La velada resultó una grata sorpresa. La mujer no sólo era hermosa, sino que era también sofisticada y muy inteligente. Tocamos diversos temas, como la evolución del cine en México y el expresionismo del cine alemán en *El gabinete del doctor Caligari*

¡Coincidíamos en todo! Era la mujer perfecta y era toda para mí. Estábamos solos, ya eran más de las dos de la madrugada y después de varias botellas de vino, el alcohol había empezado a enardecer la sangre. Sus largas manos acariciaban mi rostro y se perdían entre mi cabello. Yo la veía con ojos de depredador hambriento justo antes de despedazar a su presa y ella, estática, me extendía la invitación. Sucedió lo inevitable y me lancé vorazmente sobre sus labios para consumir su boca inmoral. A pesar de ser una mujer de belleza deslumbrante, sus labios eran como lijas y su lengua era larga, pegajosa y daba giros muy peculiares dentro de mi boca. De pronto, sentí un piquete en el paladar y mis glándulas salivales se alteraron al probar la sangre amarga que invadía mi boca. Sobresaltado, empujé a la mujer y me levanté del sillón. La observé desconcertado. Vi su boca cubierta de mi sangre. Mi pulso se aceleró, no entendía bien lo que estaba pasando. Estaba aterrado, pero lo que me erizó la piel fue al ver cómo sacó su lengua bífida y en dos movimientos lamió el líquido escarlata que cubría sus labios. Salí disparado rumbo a mi habitación y me encerré. Agitado, caí de rodillas sobre la alfombra tratando de entender qué era lo que había sucedido. "Tiene que ser el alcohol", me dije en voz alta y, sin darme cuenta, me quedé dormido.

No sé cuánto tiempo pasó, pero al abrir los ojos me sentí paralizado, desnudo e indefenso, invadido por una sensación espeluznante. Yacía acostado sobre la alfombra y cientos de serpientes se arrastraban a mi alrededor y por debajo de mi espalda. La oscuridad devoraba las paredes de la habitación y sólo podía escuchar el sisear de los reptiles mortíferos. Me sentía débil, confundido, drogado, no podía coordinar mis movimientos y el sudor ahogaba mis poros. De pronto, vi una silueta enorme que, con sutileza, se echó encima de mi cuerpo. Pude sentir sus mechones negros sobre mi rostro y comprendí que era la mujer del vestíbulo. Pero ya no era la mujer seductora. Lo que estaba encima de mí se sentía como un pesado bulto escamoso que se frotaba de forma extraña sobre mi pecho. Luchaba por moverme, por escapar de ese bulto, ese ser que me oprimía, pero mi fuerza me había abandonado. La temperatura en mi entorno cambió. Era un calor húmedo que me asfixiaba y me adentraba más en mi delirio. El ser jadeaba desenfrenado, su respiración era ronca como la voz de las bestias apareándose al amanecer. Me vi petrificado, consumido por el miedo ante la incertidumbre de mi vida. Fue en ese instante que sentí un aguijón que se clavaba como una bayoneta sobre mis genitales. El dolor era agudo y dejé escapar un grito de terror al momento que el mar rojo del *Éxodo* se desbordaba entre mis piernas. Me sentí morir al entender que mi carne estaba siendo perforada igual que la de un mártir al ser atravesado por una lanza.

A la mañana siguiente escuché sirenas de patrullas justo a las afueras de la hostería. Me levanté intacto, como si nada hubiera pasado. Salí corriendo al ver un auto idéntico al mío hecho pedazos incrustado contra un árbol enorme. Una vez más el pánico invadió mi cuerpo al ver que el conductor del auto yacía muerto, su cráneo fracturado, bañado en sangre... inmolado cruelmente por una rama gigantesca. En la cajuela, los oficiales de la policía encontraron el cuerpo mutilado de una mujer de cabellos negros cubierta por un centenar de serpientes. Nadie notó mi presencia. Me alejé caminando en busca de un nuevo albergue.

El murmullo de la noche

El hombre se paró al borde del edificio. Su mirada perdida reflejaba el vacío y el hielo perpetuo de la soledad. Como un perro confundido que no entiende lo que es el tiempo, el hombre observaba la ciudad bajo sus pies. Trece pisos eran el obstáculo que separaban la vida y la muerte. Una tormenta de emociones cimbraba sus pensamientos; tenía tantas dudas, tanta aprensión y tanta vergüenza. Ya no soportaba un día más, la decisión estaba tomada y esa tarde iba a dejar de existir. No tenía miedo a la muerte ni al impacto de su cuerpo con el pavimento al quedar hecho pedazos una vez que saltara al vacío. El zumbido de abejas que se había enganchado en sus oídos no dejaba de sonar, era un sonido que producía ecos y vibraciones en su cabeza como una campana en un antiguo monasterio. Esta tarde tenía que morir. Estaba tan encerrado en el calabozo de sus pensamientos que no se percató de que una joven mujer vestida enteramente de negro lo observaba con serenidad. Entre sus largos dedos sostenía una elegante boquilla de plata por la cual inhalaba el tabaco que acariciaba sus pulmones.

—¿Por qué lo piensas tanto? Ya, brinca, ¿por eso estas aquí, no?

El hombre volteó al escuchar la voz femenina que le ordenaba qué hacer y vio a la mujer que le sonreía y lo observaba con una mueca sardónica mientras fumaba con delicadeza.

—¿Quién demonios eres tú y por qué me espías?

—No soy nadie y no estoy aquí—dijo en tono de burla haciendo una pausa. No te estoy espiando, salgo aquí todas las tardes a fumar antes de terminar mi día.

—Pues ya lárgate, estoy ocupado.

—Me largo cuando yo me quiera largar, no cuando tú me lo exijas. Además, ¿por qué te quieres matar? Ya pasan de las 7 de la tarde, ¿no tienes que irte a tu casa? ¿No tienes esposa, hijos...?

El hombre sintió un ardor en la nuca y una rabia haciendo erupción por todo su cuerpo. Su mirada cambió, se dio la vuelta y bajó el escalón que dividía la azotea con el borde del edificio. Caminó de prisa hacia la mujer sin quitarle de encima su mirada endemoniada y sin darle tiempo de exhalar el humo de su boca, la tomó con fuerza del cuello, la sujetó contra la pared y la apuñaló cuatro veces en el vientre. Con sus manos en el estómago cubiertas de sangre, la mujer cayó de rodillas al suelo. Una expresión de sobresalto y una lágrima cubrieron como un velo la superficie de su rostro enmudecido; su cuerpo ladeado quedó recargado contra la pared.

El suicidio fue fallido. Como un autómata, el hombre salió disparado de la escena del crimen y se marchó caminando a su casa. La noche empezaba a acariciar la ciudad y el bullicio en las calles disminuía. Al ir caminando apresuradamente, un gran zopilote de alas golpeteadas cayó del cielo sobre la banqueta, en sus garras tenía una paloma blanca que intentaba escapar ante la mirada desconcertada del hombre. Le sacó la vuelta al ave rapaz que seguía consumiendo a la frágil paloma. Su cabeza era como la corona enmarañada de un rey de la nada, de la melancolía y la locura del olvido. Continuó su trayecto y al dar vuelta en una esquina se topó con dos hermosas mujeres que bailaban desnudas en medio de la banqueta y reían como locas mientras que el hombre las veía con ojos de dragón. Como perro rabioso se lanzó sobre los cuerpos helénicos y al abrazarlos simultáneamente, ambos se rompieron y sobre el suelo quedaron esparcidos los brazos, piernas y cabezas de dos maniquís desnudos. Al ver los fragmentos de plástico ante sus pies, el tipo se echó una carcajada que retumbó en las calles desoladas y que atrajo una manada de gatos que salieron de una alcantarilla y empezaron a lamer un gran charco de sangre donde flotaban los cuerpos mutilados de dos mujeres. Aterrado, empezó a correr, le urgía llegar a su casa; el santuario que lo protegiera de la locura que acontecía frente a su mirada. La noche por fin llegó y cubrió con su manto tenebroso cada rincón de la ciudad, cada paso temeroso del suicida fracasado. Escuchaba un ligero murmullo que se penetraba por sus oídos de forma lacerante, pero no había nadie, solamente la calle perpetua que parecía no tener fin, la noche misteriosa y la serpiente alucinógena que jugaba con la realidad.

Llegó a una carpa de circo enorme. Sin tener opción de caminar para otra parte, entró por las puertas de colores. El ruido era un desfile disonante de aplausos, risas, rugidos de felinos y paquidermos que barritaban sin control. Por más que intentaba ver quiénes eran todas esas personas, no podía distinguirlas ya que un gran reflector lo bañaba con luces que cambiaban de color. En la pista había una docena de mujeres hermosas vestidas con trajes simbólicos y cubiertos con plumas y llenos de glamur que bailaban y sonreían al verlo con emoción y le extendían la invitación para que pasara al centro de la pista. Titubeante, pero emocionado al mismo tiempo por tanta hermosura, llegó al centro de la pista donde había una mesa redonda con un pastel enorme lleno de velas negras y en medio de las velas estaba su propia cabeza cortada. Bajo las tiras de piel y arterias que le brotaban del cuello, las palabras "¡Felicidades, papá!" escritas en letra cursiva adornaban la macabra plancha de betún y sangre. Su rostro se congeló al presenciar aquel panorama sangriento que estallaba ante sus ojos como un filme de horror de la década de los setenta. Como un toro acorralado, arremetió brutalmente contra las mujeres destruyendo todo lo que había a su paso. Corrió despavorido por un sendero de tierra hasta que encontró la calle otra vez.

El murmullo de la noche seguía escalando en sus oídos como arácnidos que van tejiendo sus telarañas de hambre pegajosa para atrapar el más suculento manjar de medianoche. Agotado y confundido por la velada demente que lo seguía desde el incidente del edificio, cayó al áspero suelo de concreto e irrumpió en un llanto doloroso y desgarrador, como el lamento de una madre que ha perdido a su hijo unigénito, hasta que quedó inconsciente. Los sonidos de un tren lo despertaron. Levantó la vista y frente a él había una enorme vía de ferrocarril en forma de ovalo y una brillante locomotora de juguete color rojo metálico que corría a toda velocidad. En el epicentro del ovalo formado por las vías férreas, había un niño pequeño vestido de maquinista. El hombre se levantó para ver el rostro del niño que yacía de espaldas a él. Se fue acercando lentamente y al estar de frente vio que el niño estaba sentado en un charco de sangre; un centenar de moscas volaban a su alrededor mientras el niño devoraba con ansiedad lo que parecían despojos humanos, a su costado la mitad de un torso sin brazos ni piernas confirmaba lo que el niño, inocentemente, llevaba a su boca. Invadido por el horror, corrió a salvar al niño, pero al hacer contacto con su tierna piel, miles de mariposas estallaron por los aires desintegrando la existencia de la inocente criatura.

Por fin llegó a su refugio. Todo lucía impecable, un pelo no había en la duela de madera que brillaba de la pulcritud que encerraba la morada. En la cocina todos los platos estaban guardados, todos los electrodomésticos eran del mismo color y la estufa parecía recién salida de la fábrica. Era un hombre ordenado, impecable, perfeccionista. Moría de sed y abrió el refrigerador para sacar una bebida helada. Movió un recipiente de plástico que estaba lleno de dedos humanos y sacó un refresco de cola. Al abrir el congelador para sacar hielos, vio el cerebro congelado que le esperaba para su deliciosa cena. Por fin, sintió paz en su corazón y la serenidad invadió su cuerpo.

—¿Qué felicidad, no? —le preguntó con firmeza una voz de mujer.

—¿Quién dijo eso? —respondió agitado.

—Eres un bastardo, un maldito cobarde que se aprovecha de los inocentes.

—No te veo, ¿Quién eres? ¿Dónde estás? … ¡No puede ser! ¿Tú?

La mujer del edificio salió de entre las sombras, sólo que su apariencia había transmutado. Seguía vestida de negro y su vientre seguía cubierto de sangre, pero no tenía párpados y sus ojos era totalmente negros y brillaban como una piedra de obsidiana. La piel de su rostro tenía una apariencia rasposa como una lija y era pálida como los huesos de la muerte. En su frente y sus mejillas, un sinfín de pequeñas venas moradas y verdosas tapizaba la textura helada de su cara. El hombre tembló ante esta imagen fantasmagórica.

—Por Dios, ¿qué eres?

—¿Me preguntas qué soy? ¿Qué eres tú? Un monstruo, un aberración para el hombre, eres lo más repugnante y vergonzoso que jamás haya existido. Ni los animales, se comen a sus…

—¡Cállate, no sigas…no sigas!

De pronto la puerta de la casa voló en mil pedazos. Un escuadrón de policías con rifles de asalto y armas de alto calibre entró a la casa buscando algún sobreviviente. La casa estaba vacía. Lo que encontraron fue el refrigerador lleno de partes humanas almacenadas cuidadosamente en contenedores de plástico e identificadas con fecha de caducidad. En el baño encontraron un conejo de peluche manchado de sangre y una locomotora de juguete que también se llevaron como parte de la evidencia.

A la mañana siguiente, el sol empezaba a acariciar cada rincón y a limpiar con un poco de luz y esperanza las calles de la ciudad ultrajada. Un nuevo día comenzaba; para muchos, una ventana de oportunidades para deshacer el mundo y vivir al máximo cada segundo. Para otros, el fin del camino terrenal; el descanso en el paraíso o el castigo eterno.

—Descanse en paz y tenga la vida eterna.

Fueron las últimas palabras del sacerdote al hacer la señal de la cruz y rociar agua bendita sobre el cadáver del hombre que yacía despedazado en medio de la calle.

Estación de tren

La mujer terminó de escribir, metió la carta en un sobre amarillo y se recostó en su cama. En su rostro no había expresión alguna. Su mirada vidriosa se penetraba en el techo y en las vigas de madera que adornaban su recámara. Era una mujer hermosa y sumamente delgada. De cabellera larga y oscura que le llegaba por debajo de los hombros y de ojos grandes como los de una muñeca de porcelana. Era una cantante de ópera que desconcertaba por su belleza y su voz, pero lo que más llamaba la atención era lo impresionante de que cómo siendo tan pequeña y tan delgada lograba producir las notas más altas e intensas. La prensa la adoraba y resaltaba siempre que a pesar de tener un torso tan frágil, cantaba como las diosas de la antigua Grecia. La fama había llegado a su vida desde muy joven y el dinero llenaba sus cuentas bancarias, sin embargo no era feliz. Tenía que enviar la carta lo antes posible, antes de que enloqueciera, antes de que fuese demasiado tarde.

Toda su desdicha comenzó después de presentar, lo que los medios de comunicación nombraron como el acto de ópera más hermoso del último siglo en el Teatro de la Ópera en Viena. La lluvia de flores y aplausos la llevaron a la cumbre de su carrera, pero al regresar a casa las voces empezaron a invadir su mente. Primero pensó que quizá eran los efectos del alcohol y el cansancio, pero al pasar los días las voces no desaparecieron; al contrario, se volvieron más intensas y reales.

—Perséfone, cantas muy mal. Tu voz es demasiado aguda....

—¿Quién me dice estas cosas? —preguntaba angustiada.

—Tu voz es como la risa de las hienas y jamás alcanzarás la nota perfecta.

La mujer no entendía de donde provenían esas acusaciones y esas voces perversas que retumbaban en su cabeza. Día y noche las voces no paraban y eran como un zumbido constante, como una plaga de arañas que había construido un nido adentro de sus oídos y se agrandaba a cada minuto. Empezó a perder peso, a demacrarse y poco a poco fue cancelando sus presentaciones. Las alucinaciones llegaron a su vida a tal grado que empezó a causarse lesiones severas por todo el cuerpo. Ya no sabía qué hacer. Cayó en una depresión que la mantuvo varios días hospitalizada; tomó la sugerencia de su representante y decidió tomarse unas vacaciones.

—Y ¿qué decía la carta? —preguntó el hombre en tono desesperado.

—Un momento, ahorita llego a esa parte del relato.

—Es que esta historia me tiene intrigado, no puedo creer que sea algo verídico.

—Lo es, el padre de Perséfone fue muy amigo mío, por eso le puedo contar esto con exactitud. Escuche y entenderá.

»Una mañana, la cantante de ópera despertó histérica rascándose los brazos y el cuello de forma vertiginosa y violenta. Aterrada, empezó a ver que algo se movía por debajo de su piel. Sus uñas hurgaban entre sus poros queriendo encontrar la raíz de esa comezón perversa que la había despertado del sueño, pero el filo de sus uñas no era suficiente para extraer aquello que se movía haciendo movimientos en curvas emulando el arrastrar de un reptil. Invadida por el terror, corrió a la cocina y tomando el cuchillo más afilado lo encajó en su antebrazo. Cayó al piso, pusilánime, hecha pedazos por el dolor y un grito ensordecedor estremeció toda la casa al instante que miles de hormigas furiosas brotaban por la abertura de su piel. Un piélago de sangre inundó la cocina y la mujer permaneció flotando entre las olas rojas de su inconsciente. Al abrir los ojos, se encontró desnuda debajo de un árbol en un hermoso jardín donde una serpiente le sonreía y le ofrecía de comer una fruta deliciosa.

»*Primera carta de Perséfone a su hermano.*

»"A mi querido hermano, Ícaro

»"Te escribo esta carta porque mañana ya no existiré. Te preguntarás cómo puedo estar tan segura de la tragedia que está a punto de sucederme y lo único que puedo decirte es que los he escuchado. Adentro de mi cabeza, de mis oídos, de mi garganta y hasta por debajo de mis uñas. Ahí están todo el tiempo molestándome, recordándome lo inevitable. Recordándome el destino fatal que me espera si no produzco la nota perfecta en mi próxima presentación. No puedo entender que es lo que quieren si la crítica siempre me favorece y el público abarrota los teatros y las casas de ópera donde me presento. Querido hermano, no sé qué hacer. ¿Recuerdas cuando éramos niños y cantaba en la plaza y la gente me aplaudía? Y luego tu pasabas una caja de zapatos vieja y toda la gente me recompensaba con sus propinas... qué días de felicidad aquellos, Ícaro. Esos días se fueron para nunca volver. La oscuridad que nubla mi presente es una penumbra mortal. Desde que murió papá y tus alas te llevaron al nuevo mundo hace diez años, nada ha vuelto a ser lo mismo, estoy en el infierno. Maldito Océano Atlántico, maldita la distancia, maldita sea América. Si tan sólo estuvieras aquí conmigo en esta última noche de mi existencia; si tan sólo esta noche pudiéramos ser pájaros estelares...si tan sólo esta noche pudiéramos ser.

»"Te quiero,

»"Perséfone".

»*Carta de Ícaro a su hermana.*

»"Querida Perséfone,

»"Me aterra leer lo que te está sucediendo. Casi puedo probar la ansiedad y la melancolía de tus palabras. Perdóname por no estar a tu lado. Solamente espero que cuando esta carta llegue a ti, no sea demasiado tarde. En tu carta me explicaste que los puedes oír adentro de tu cabeza. Eso es muy ambiguo, ¿a qué te refieres? Hermana, tienes que tranquilizarte, eres una gran artista, la mejor cantante de ópera de toda Europa y esto no lo digo por ser tu hermano, tú sabes muy bien que la crítica mundial te alaba. No me puedo imaginar qué es lo que te sucede, pero creo que necesitas atenderte. ¿Ya consultaste con un médico? Por favor, hazlo. Al igual que tú, tengo muy presente los hermosos recuerdos de nuestra infancia; desde tus cantadas en público y las tardes de toros con papá. Te prometo que muy pronto volaré hacia ti. Por favor espérame, pronto estaremos juntos y todo cambiará. Lo prometo.

»"Tu hermano,

»"Ícaro".

»*Segunda carta de Perséfone a su hermano.*

»"Hermano, me estoy muriendo. Hay gusanos debajo de mi piel y por las noches una fuerza toma mi cuerpo y entra en mí. Siento que soy la concubina del diablo. Ícaro, no estoy loca, algo sucede en esta casa. He intentado quitarme la vida, pero algo no me lo permite. Las voces han desaparecido, pero ahora la tortura llega a mi cama por debajo de las sábanas. Una fuerza descomunal me paraliza, se apodera de mis manos y piernas y quema mis adentros como navajas desgarrando la piel. Hermano, sólo tú puedes ayudarme. Creo que todo esto está relacionado con los viajes que hacíamos con papá al bosque cada año en otoño cuando éramos niños después del fallecimiento de mamá. ¿Recuerdas cuando te fracturaste las piernas al intentar volar de un árbol? ¿Te acuerdas del enorme búho al que le teníamos pavor y que nunca se iba de nuestra ventana? Todo está muy borroso, pero sé que tu memoria no te traiciona y es más confiable que la mía. Quiero creer que esto es una pesadilla, que al terminar de redactar esta carta, despertaré y volveré a ser la cantante de ópera que el público pide y que un día fui, pero ya es imposible. Hoy soy una balsa fracturada que flota a la deriva, que necesita ser rescatada de la inmensidad de un océano pútrido en el cual la maldad y la muerte lentamente destruyen mi cuerpo. Ayúdame, ven a mí.

»"Te necesito,

»"Perséfone".

Una semana después de haber recibido el terrible comunicado de su hermana, Ícaro arribó a Europa. Tenía una década de no pisar la madre patria, por fin después de mucho sacrificio y con el sentido de urgencia que demandaba su hermana, se dirigió a buscarla. Por fin llegó al hogar de su hermana. La puerta estaba entreabierta y la casa era un desorden total. Había lámparas tiradas en la alfombra, sillas destruidas, espejos rotos, manchas de sangre por toda la casa y un fuerte olor a comida echada a perder. "Perséfone, ¿dónde estás?", preguntó el hermano con voz firme. Nadie contestó. Llegó a la recámara y ahí la vio. Levitando dormida encima de su cama estaba Perséfone. Un escalofrío cimbró el cuerpo del joven que miraba con asombro el frágil cuerpo de su hermana. Se acercó y siendo cauteloso, bajó el cuerpo flotante y lo acomodó en la cama. La débil mujer abrió los ojos y vio a su hermano que finalmente estaba con ella. Se abrazaron fuerte en un instante que capturó todo el amor y la angustia que al mismo tiempo perforaba sus almas.

—He leído que el olor a podrido es una indicación de infestación demoniaca, —interrumpió el hombre que seguía escuchando la historia con mucha atención.

—No lo sé de cierto, únicamente sé que la mujer estaba bajo un tipo de opresión, —contestó el viejo que contaba el extraño relato.

»Esa noche, Ícaro pasó la velada más espeluznante de su vida. Toda la casa fue invadida por una presencia maligna que oprimía su pecho al respirar. Escuchaba risas de niños y sentía que lo observaban. No fue hasta que sintió una respiración en la base de la nuca cuando estalló y sus gritos de pánico irrumpieron el silencio aterrador que envolvía la casa. Una voz ronca en su cabeza le habló con suavidad.

"—Ícaro…Ícaro…ángel de alas transparentes, pájaro nocturno que vuela con el sol…Ícaro".

—¡Esto no es posible! —gritaba mirando al suelo con las manos enterradas en el cabello.

"—Ícaro, ya llegó la hora. Vuela como lo indica tu nombre, vuela al sol, vuela a la luna, a las estrellas… sé libre como un depredador sideral y devora el mundo".

Invadido por una fuerza sobrenatural, el joven hizo tal como le ordenaba la voz mefistofélica de su cabeza. Subió a la planta alta de la lujosa mansión de su hermana, salió al balcón, extendió sus manos y emulando tener alas, se arrojó al vacío. Su cráneo quedó hecho pedazos entre las rocas. La sal del mar, que se convertía en espuma al golpear con violencia los cimientos de la casa, quedó teñida de rojo por el torrente de sangre que brotaba de la humanidad de Ícaro.

Esa misma noche Perséfone dejó de existir mientras dormía y pasó de ser la concubina del diablo a ser la reina del inframundo. El pacto se había cumplido. Padre y madre estarían juntos una vez más mientras sus hijos sufrirían en las tinieblas por toda la eternidad.

—¿Entonces su padre la consagró a Lucifer?

—Pues es la única explicación lógica a este relato, —dijo el extraño viejo.

—Pero… ¿y si el demonio no existe?

—Bueno mi querido amigo, eso ya es cuestión de percepciones y creencias religiosas.

—Me cuesta trabajo tomar con seriedad este relato, —replicó el escéptico.

—Este tipo de cosas suceden todos los días, caballero.

El viejo sonrío amablemente revelando su afilada dentadura, levantó su maleta del suelo y abordó el tren.

La cabaña

Por fin, después de ir horas manejando y adentrarse entre los brazos de aquel paisaje forestal, Nataniel y su novia llegaron a la cabaña de su tío. Era una cabaña vieja, la cual Nataniel había visitado desde su infancia por tradición familiar cada otoño. Tradición que eligió romper cuando cumplió quince años al entrar en una rebeldía desastrosa contra sus padres. Una década después, al morir su madre, decidió regresar para pasar un fin de semana en comunión con la naturaleza y con su novia y recordar los momentos felices de su niñez. A pesar de tener tantos años de existencia, la cabaña se mantenía firme como la esencia de un búfalo. Las paredes de cedro impregnaban cada rincón de su arquitectura y su piso de madera sin lustre gemía lastimosamente cada vez que sentía los pasos de sus visitantes cada año. No había luz ni teléfono móvil ni conexión de red ni cualquier otro tipo de comunicación con el mundo exterior. En caso de alguna emergencia, sería imposible pedir ayuda. Nataniel y Clara estaban completamente aislados y desconectados de la cotidianeidad de la vida.

Esta sensación de aislamiento inquietaba a Clara. Tenía un poco más de un año de noviazgo con Nataniel y estaba contenta, a gusto y en una relación estable, pero en ocasiones esporádicas se sorprendía de forma negativa por la forma de pensar de su novio. No le gustaba que criticara o ridiculizara a las figuras emblemáticas de la iglesia católica. También, su fascinación por el ocultismo y su extraña colección de fotografías antiguas de familias muertas creaba un sentimiento de nerviosismo y la hacía dudar de querer seguir a su lado. La macabra personalidad que envolvía a Nataniel era uno de los motivos por los que había pensado en terminar su noviazgo con él. Nataniel le decía que no había nada que temer, que esas fotos eran rarezas muy difíciles de conseguir, que costaban una fortuna y que quizá algún día lo sacarían de algún problema económico. Las fotos de familias muertas en la antigüedad, —le explicaba— no eran nada de otro mundo, quizá hoy en día parecieran un tanto extrañas y de mal gusto, pero hace siglos eran costumbres que las familias reales practicaban en el viejo mundo y eran aceptadas orgullosamente por la alta sociedad europea. La inocente muchacha lo escuchaba con mucha atención sin saber si en realidad lo que Nataniel le explicaba era cierto. Como un autómata, creía fervientemente cada palabra que emanaba de la boca de su novio. Con frecuencia, sus amigas le decían que Nataniel era muy extraño y que debía alejarse de él. Ella contestaba que no era extraño, sino que era distinto. Un hombre intelectual muy selectivo y diferente a sus novios y a los demás hombres que había conocido en sus veintitrés años de vida.

Nataniel nunca había sido muy devoto de la iglesia o de alguna doctrina religiosa y ahora que su madre había muerto, su espíritu subversivo se había expandido aún más, al grado de sentir un repudio insondable contra la iglesia y todo lo relacionado con Dios. Se había refugiado en creencias neo-paganas sin que Clara se diera cuenta y por más de un año había estado estudiado *El libro de las sombras*. Sentía la necesidad de entrar en comunión con la naturaleza y los cinco elementos divinos: aire, fuego, tierra, agua y éter. Desde niño su madre lo había guiado por la línea del cristianismo, pero eso a él jamás le trajo nada productivo o edificante en su vida. Al entrar en contacto con creencias antiguas y explorar diferentes religiones a través de la meditación y la unión con la naturaleza, encontró una paz que jamás había experimentado. Además de esa paz omnisciente, aprendió a explorar su sexualidad combinando los conceptos de diferentes religiones orientales que lo llevaban al punto de la levitación al entrar en la profundidad de orgasmos tántricos que muy pocas personas conocían. Misma razón por la cual Clara seguía a su lado, porque Nataniel la respetaba y no la presionaba a tener relaciones sexuales antes del matrimonio ni a hacer cosas en la cama que la mayoría de las parejas realizaban a esa edad. Todas sus amigas tenían relaciones sexuales, incluso había algunas que a su corta edad habían abortado en diferentes ocasiones. Clara era una mujer diferente y su concepto del sexo iba más allá de un capricho pasajero, una necesidad fisiológica o un simple impulso de la carne. Desde niña, su madre la había instruido en lo que era el sexo y los valores morales y el respeto hacia su cuerpo, el matrimonio y la familia. Increíblemente, a sus veintitrés años de edad, Clara era la virgen más pura.

La primera noche en la cabaña fue muy tranquila. Durante el día, el clima había estado fresco, pero por las noches la temperatura descendía como las aves nocturnas descienden con sus garras afiladas inyectando el frío de la muerte a los roedores del bosque. Nataniel prendió la chimenea y arrulló el sueño de Clara tocando melodías en su guitarra acústica de doce cuerdas. Al compás de una versión improvisada de *"God Bless the Children of the Beast"*, cayó rendida sobre un sofá color verde oscuro con estampados de azul índigo que hacían ver su rostro pálido como un cadáver flotando entre las olas engañosas de un mar hambriento. Aprovechando que la virgen dormía, Nataniel cogió su mochila y un enorme cuchillo de caza y salió de la cabaña. La noche penetraba cada rincón del bosque, pero la luna brillaba como un diamante en el cielo y alumbraba cada paso como si fuera cómplice en la travesía del joven. No tuvo que caminar tanto para encontrar un dócil ciervo que bebía el agua de un charco entre los arbustos. Como un depredador insaciable se acercó sigilosamente a su presa. Se ocultó bajo la maleza. Los latidos de su corazón sonaban tan fuerte que se sentía como el demente en el famoso relato de Poe. Por instantes, el sudor cegaba su mirada asesina; la adrenalina consumía cada poro de su piel. Como si estuviera poseído por la fuerza y agilidad de algún dios convertido en felino, Nataniel saltó sobre su presa. El cuchillo se hundió una y otra vez de forma frenética desgarrando el tejido de los músculos y haciendo pedazos las costillas del indefenso mamífero que temblaba en estado de choque y terror al sentir la perforación de sus pulmones y otros órganos vitales con el acero y algunos huesos astillados.

Una vez muerto el ciervo, el primitivo cazador sacó de su mochila un pequeño costal blanco y rociando todo el contenido en la tierra formó un gran círculo de sal. Luego sacó cuatro veladoras negras y las colocó adentro del círculo de forma simétrica de tal forma que una apuntaba al norte, otra al sur, otra al este y otra al oeste. En medio del círculo yacía el animal descuartizado y entre sus vísceras, Nataniel colocó una quinta veladora, pero ésta era de color blanco. Encendió las cinco mechas. Se metió al círculo de sal y se paró en el centro a un lado del animal. Levantando sus manos (cubiertas de sangre) al cielo, empezó a recitar una invocación a los cinco elementos omnipotentes para ofrecer su sacrificio. Su voz se volvió más ronca y con una sonrisa demoniaca en su rostro gritaba en forma de cántico:

¡Ho, erdam anivid! Arodaerc ed al azelarutan euq son ad al adiv.
Asoid led ogeuf, auga, arreit, eria, asoid led reté. ¡Atreipsed!
Agnev ut zap, ut adiv, ut adiv ne al etreum, ¡atreipsed, erdam!

A la mañana siguiente Clara despertó un poco confundida. No recordaba nada de la noche anterior, solamente haber caído en un profundo sueño, casi como si le hubieran dado un sedante. Lo que sí recordaba eran las muchas pesadillas que había tenido. En pequeños lapsos recordaba a una hermosa mujer de cabello rojo, de mirada sensual y movimientos seductores. Luego de repente, se le venían imágenes de mujeres desnudas haciendo rituales en el bosque, bailando, cantando, riendo y comiendo de forma grotesca. Veía un banquete descomunal, vinos, incienso, mujeres de largas cabelleras como cascadas de ónix, carneros, cerdos, caballos, sangre en exceso regada por todas partes y mujeres encendidas en un bacanal sexual de placeres orgiásticos y terribles.

—Buen día —le dijo Nataniel, al mismo tiempo que le daba una taza de café con canela.

—Hola amor, gracias —contestó con una sonrisa mientras tomaba el café entre sus manos blancas de venas pronunciadas que definían el verde de la vida que gritaba por sus arterias.

—Hoy tenemos un largo día, primero tenemos que ir a cortar un poco de leña porque cada noche se va a poner más frío. Luego te voy a cocinar un faisán con papas, delicioso. Es una receta familiar que mi madre hacía siempre que visitábamos la cabaña cuando era niño. Por último, en la noche leeremos nuestra poesía creacionista favorita envueltos en una cobija junto al fuego.

Clara, le sonrió con un poco de pena y le explicó que no se sentía bien. Le contó de las pesadillas extrañas y que mejor prefería quedarse a leer y a tomarse el delicioso café que le había preparado. Lo mejor era descansar para estar recuperada para la cena y la noche poética que se perfilaba para una velada exquisita. Nataniel accedió, tomó un hacha mediana con un filo que parecía hoja de afeitar y salió al bosque. La joven mujer se sentó en el sillón verde índigo, siguió pensando, confundida tratando de analizar sus pesadillas mientras sorbía, cautelosa, el café.

Pasaron las horas y Nataniel no regresaba. Clara empezó a ser presa del tedio y la preocupación al estar sola y consumida por el silencio tenebroso que producía la cabaña. De pronto, escuchó un ruido como de animales caminando detrás de las paredes. "Ratas", pensó. Recordaba que en pláticas familiares se presumía de que la cabaña estaba sumamente cuidada y protegida de toda plaga. Ahora opinaba que todo era una vil mentira. El ruido se intensificó. Ya no eran simples sonidos y movimientos de roedores, ahora se escuchaban pasos, fuertes golpeteos como de martillos y quejidos humanos que provenían de entre la madera. No estaba sola. En el centro de la sala había un tapete rectangular y sobre éste, una mesa pequeña donde la aterrada chica había puesto su taza de café. El piso bajo sus pies empezó vibrar por una ola de golpes simultáneos que se oían cada vez más fuerte. "¿Acaso había un animal salvaje encerrado debajo de la madera?", se preguntaba en silencio. Todo estaba pasando muy rápido y sin saber qué hacer, levantó sus pies diminutos y se agazapó en el sillón. Sin que su cerebro pudiera procesar lo que estaba pasando y paralizada por la incertidumbre, vio la taza de café elevarse, súbitamente, por los aires al mismo tiempo que la mesa de centro salía volando hacia el lado opuesto de la sala. Un grito ensordecedor, casi inhumano, retumbó por toda la cabaña al mismo tiempo que el tapete de centro se iba levantando con lentitud al ser empujado desde abajo por la figura robusta de un hombre espantoso de cabellos largos y mirada siniestra.

El hombre medía casi dos metros de altura, sus manos eran como dos sartenes quemadas por el fuego. El cabello asqueroso le llegaba un poco más abajo de sus hombros. En sus ojos se reflejaba el frío de la indiferencia y la apatía de un tipo sin alma, sin miedo ni consciencia: la mirada cruel de un asesino. Vestía un overol oscuro hecho de una tela como de saco y sandalias gigantescas, dando la apariencia de un agricultor escapado de un manicomio. Prisionera de su confusión y el horror de tener a este hombre frente a ella, por fin pudo abrir su boca y dejar escapar un grito de terror. Cuando sus piernas al fin despertaron, ya era demasiado tarde. El gigante la tomó prisionera y en un fuerte apretón de espalda y cuello, la dejó inconsciente. La puerta principal se abrió repentinamente como si un fuerte viento la hubiera pateado. Nataniel entró triunfante, con una gran sonrisa dibujada en su rostro y un costal de sal en sus manos, al ver que su tío había salido de la cámara subterránea y que había cumplido su tarea justamente como se le había instruido.

—¡Perfecto, tío! —exclamó Nataniel exagerando su emoción hacia su consanguíneo.

—¿Y ahora qué hacemos, sobrino? —preguntó el gigante con voz de desconcierto.

—Tú no te preocupes. A partir de este momento, yo me encargo de todo. Ya no te necesito. Todo está listo para la resurrección de mi madre...tu hermana.

—¿No me necesitas? —dijo el gigante en todo alterado. —Estamos en este enredo juntos... yo capturé a la joven...

—¡Tú no capturaste nada! —gritó Nataniel, furioso. —No seas estúpido, la pobre estaba aterrada con el simple hecho de ver tu aspecto terrorífico y denigrante de hombre que eres. Serías aún más patético si se te hubiera escapado.

El hombre que había aterrorizado a Clara y que pareciera ser un cruel y despiadado asesino, se quedó mudo ante los gritos de Nataniel y agachó la cabeza. El gigante no era un asesino. Era sólo un hombre rústico, confundido y olvidado por la vida. El último pariente de sangre de Nataniel. El que lo había cuidado de niño cuando visitaba la cabaña cada otoño en las vacaciones familiares. Era un hombre enorme, pero torpe, con un ligero retraso mental que lo había aislado del mundo y enterrado en la soledad del bosque...refugiándose en la cabaña, su único hogar, su protección...el agridulce jardín de su memoria.

Esa misma noche, Nataniel llevó a su novia al mismo lugar donde había sacrificado al ciervo la primera noche. La postró en una cama hecha de plantas y flores blancas. Clara estaba desnuda. La luz de la luna bañaba la desnudez de su piel virginal y el viento escribía poesía sobre la delicada corona de sus pezones pálidos. Nataniel la observó con desprecio, como si la perfección de su cuerpo le provocara nauseas. El gigante la observaba sorprendido, pues nunca en su vida había visto el cuerpo de una mujer desnuda.

—Llegó el momento —dijo Nataniel con voz firme. Esperé mucho este día. La anticipación consume mis entrañas... ¡Esta noche regresas, madre!

La expresión en su rostro había cambiado. En su cara se dibujaba una maldad absoluta. Su cabello se volvió más largo y adquirió un tono oscuro de cobre parecido a una moneda de un centavo estadounidense. Levantó las manos al cielo como el brujo más experimentado y empezó la invocación final. El cielo, de pronto, se tornó de un color violeta rojizo y cientos de pájaros negros aparecieron volando por todas direcciones al mismo tiempo que Nataniel clamaba con fe a los cinco elementos. El viento soplaba enfurecido y la tierra temblaba. *¡Vamos a morir!* —exclamó el gigante. En cuestión de minutos, todo terminó. Clara quedó completamente cubierta por cientos de aves maléficas dando la impresión de que un gigantesco guante de piel negro envolvía su cuerpo. Un extraño silencio invadió el bosque. Nada se movía. Ni los árboles ni los insectos ni los pájaros sobre el cuerpo de la muchacha. Nada. Era un silencio incómodo. El brujo y el gigante se veían entre sí, confundidos sin poder decir una sola palabra.

Finalmente, los primeros rayos del sol aparecieron filtrándose entre las ramas de los árboles. A lo lejos, una multitud de animales silvestres corría dirigiéndose hacia Nataniel. El gigante no sabía si correr o reír al ver a toda la fauna reunida. Nunca en su vida, viviendo en la cabaña, había visto tantos animales juntos. Había algunos cuadrúpedos mansos; como ciervos, marmotas, ardillas y mapaches, pero también había animales más grandes y feroces como zorros, linces, osos y leones de montaña. En medio de todas estas especies había una mujer que se deslizaba entre la maleza del bosque al paso de los animales, casi como si fuera flotando. Llevaba puesto un largo vestido blanco, casi transparente lo cual permitía ver la simetría perfecta de sus senos y las líneas mortíferas que definían sus caderas. Su cabello era de un color rojo vibrante y era largo y grueso como la cola de un cometa. Nataniel observaba cómo su madre se acercaba y lo veía fijamente a los ojos. Su mirada era tan penetrante que a pesar de la distancia, la podía sentir como si estuviera a escasos centímetros de distancia. El gigante la veía con grandes ojos de asombro, estupefacto ante tanta belleza y la sensualidad que irradiaba tras cada paso que daba. Era su hermana, pero desde niños siempre había estado enamorado de ella a pesar de que ella se avergonzaba de él por su enfermedad mental. Ese era el motivo principal por el cual había accedido a ayudarle a su sobrino a traerla del más allá usando los poderes de la magia y la invocación, volver a estar cerca de su único amor.

Cuando al fin llegó frente a su hijo y su hermano, todos los animales desaparecieron. La cobija de plumaje negro que cubría la esbelta figura de la joven impoluta se desvaneció en un segundo. El cuerpo de Clara había desaparecido.

—¿Por qué me han despertado? —reclamó la mujer de mechones de fuego.

—Madre, eres todo lo que tengo, desde aquella trágica noche que te fuiste, mi vida se convirtió en un gran vacío. Una oscuridad hermética ha invadido mis días, mi alma, mi razón de ser. Madre, te he extrañado mucho. No tienes idea lo que es el abandono y la autodestrucción.

—¡Oh, mi pobre Nataniel! —exclamó con sarcasmo. Siempre te dije que nada es eterno. Que algún día iba a dejar de existir. Que algún día, al igual que tu hermana, yo iba a morir. Pero nunca pudiste entenderlo. Siempre te consumió el egoísmo y esos celos enfermizos. ¿Si recuerdas a tu hermana, verdad? ¿A la inocente niña que ahogaste en el río que corre detrás de la cabaña? ¡Tenía apenas ocho años y le robaste la vida preciosa que tenía por delante!

—Pero yo…sólo quería… —intentaba explicar Nataniel.

—¡Nada, no hay explicación que justifique tus acciones! —gritó la mujer enfurecida. La muerte de tu padre tampoco fue un accidente, siempre lo supe. ¿Y ahora has hecho lo mismo con tu novia? ¿Pero sabes algo? Ella no está muerta. Ahora Clara vive dentro de mí. Su cuerpo virgen se ha unido con mi alma atormentada y ahora somos una sola carne y espíritu. Ha llegado el momento para que sufras y pagues con tu vida todo el mal que le has hecho a nuestra familia.

—¡No, mi sobrino no hizo esas cosas terribles! — exclamó el gigante, indignado al mismo tiempo que se lanzaba con hacha en mano para atacar a la recién llegada del inframundo.

Los ojos de la mujer se volvieron color blanco como dos huevos adentro de la órbita de cada uno de sus ojos. Su cuerpo se elevó medio metro del césped y levantó las manos a medio cuerpo para detener al gigante. El hombre de overol oscuro y pies gigantescos quedó paralizado frente al cuerpo flotante de la mujer que ya no tenía ningún rasgo seductor. Dejó caer el hacha de sus manos y la expresión en su rostro cambió de un estado de rabia a un estado de dolor. Un dolor punzante que jamás había experimentado. Se llevó las manos al vientre e inclinó su cuerpo. Quería gritar, pero sus cuerdas vocales no le respondían, lo cual hacía que el dolor se intensificara en sus adentros al no poder dejar escapar ni un solo quejido. A su lado estaba Nataniel gritando y agitando las manos como loco, pero el gigante no escuchaba nada. Aterrado, sólo veía un halo de luz y adentro de éste, la silueta maldita de la mujer flotando y viéndolo con sus ojos blancos y una sonrisa perversa. Todo a su alrededor era oscuridad. De pronto una vibración aguda se suscitó en sus oídos como taladros escarbando entre los huesecillos más diminutos del ser humano; hilos de sangre brotaban tras la explosión de sus tímpanos. El sufrimiento era insoportable. "Quizá este es el tipo de castigo que uno recibe en el infierno", fue su último pensamiento mientras las lágrimas se deslizaban por la superficie de su cara torturada. Sus manos seguían hundidas en su vientre. Sentía que miles de navajas cortaban cada una de sus vísceras, como si algún cirujano diabólico estuviera realizando una intervención quirúrgica sin ningún tipo de anestesia. Repentinamente, el dolor desapareció. Las manos del gigante quedaron colgadas frente a su cuerpo. Su boca cubierta de carmesí, se abrió lentamente y empezaron a brotar fragmentos de su hígado hecho pedazos y como una serpiente empapada entre sangre y secreciones biliares y pancreáticas, su intestino delgado se desprendió de sus adentros. El vómito de vísceras y el torrente de sangre mezclado con los jugos gástricos que salían de su boca dejaron un enorme charco color vino en el que nadaban partículas y trozos de su aparato digestivo.

—¡No! —Nataniel, gritó aterrado. Él no hizo nada. Es sólo un pobre diablo olvidado por el tiempo.

—¿Por qué me volviste a la vida? —preguntó la madre, ya con sus pies en el césped y con sus ojos aceitunados. Mi alma ya estaba descansando, —apuntó.

—Porque te necesito, —dijo Nataniel, sollozando.

—Tú no necesitas a nadie. Tu egoísmo es más grande que tu razón. ¿O acaso es tu complejo de Edipo?

—¿Qué? — replicó con asombro el hijo.

—¿Crees que nunca me di cuenta que estabas enamorado de mí? ¿Que me espiabas cuando me bañaba y que desde niño tenías una extraña fijación con mis pechos?

—¡No, qué locura! eres mi madre y…

—¿No es por eso que ahogaste a tu hermana y envenenaste a tu padre…para que solamente fuera tuya?

La mirada de la madre hacia Nataniel cambió. No lo miró como su madre, sino como una mujer con apetito sexual al estar en la intimidad con su amante. Se acercó a él caminando despacio y abriendo su vestido para revelar la fragilidad de sus clavículas cubiertas de pecas y la perfección de sus pechos. A pesar de su edad, su figura era realmente impresionante y la textura de su piel tenía la suavidad de la seda. Una seda perenne a la que nadie se podría resistir. Una seda adictiva que haría caer de rodillas a todos los dioses. Nataniel veía con asombro el cuerpo desnudo de su madre acercándose a él. Observaba de forma enfermiza los pezones que le dieron la leche materna. Sentía miles de hormigas caminándole por todos el cuerpo y su corazón latía descontrolado. De pronto los pezones parpadearon. "Me debo estar volviendo loco", pensó. Una vez más los pezones parpadearon y se convirtieron en dos enormes ojos negros. ¡Eran los ojos de Clara!

Asustado, dio un salto hacia atrás y perdió el equilibrio al resbalar con el charco de sangre y vísceras del gigante, cayendo y golpeando su cabeza con una roca filosa que apareció de la nada. Estaba a punto de perder el conocimiento cuando la mujer se le acercó.

—Siempre te quise y te respeté mucho. —dijo la mujer que ahora hablaba con la voz de Clara. A pesar de lo que mi familia y mis amigas me decían de ti, nunca te falté y siempre creí en ti. Respeté tus excentricidades y esa aura de misterio que te rodeaba.

—¿Clara… no puede ser? — dijo el moribundo.

Al levantar la mirada, el miedo se apoderó de su cuerpo. El rostro de su madre estaba completamente liso como una tabla. No había ojos ni cejas ni nariz ni boca…todas las facciones del rostro habían desaparecido. Era un espectáculo verdaderamente macabro. Un panorama satánico que nunca, ni en sus ideas más perversas hubiera imaginado. Clara continuó hablando y fue cuando Nataniel se percató que el torso de su madre se había convertido en la voz y la mirada de Clara. Ahí estaban los grandes ojos negros en el epicentro de cada pecho observándolo con decepción y el ombligo profundo por donde la voz de Clara parecía salir.

—Maldita seas, me arrepiento de haberte conocido, espero que tú y mi madre se conviertan en las rameras de Lucifer —dijo Nataniel con su último aliento.

El ombligo de la mujer se entreabrió y miles de avispas enfurecidas salieron volando y se postraron sobre el cuerpo moribundo de Nataniel penetrando su piel e inyectando el veneno hecho con la sangre de su madre y su novia, dándole una muerte punzante y dolorosa. A la distancia, la cabaña yacía en silencio guardando más secretos entre sus paredes y ventanas absorbiendo los rayos del sol que ahora, finalmente, era su único compañero.

ABSOLUCIÓN

El búho

En una noche oscura y melancólica
encontré sal debajo de mi almohada
no era como la sal del océano
ni la sal de las lágrimas que lamen tu piel
ni la sal de un adiós incierto que escapa como un buitre
ni la sal de un niño aterrado al sentirse desprendido
del cordón umbilical de su madre,

la sal que yacía esparcida
entre la anatomía de mi cama
era la sal del universo,
el llanto de todos los planetas
convertido en gránulos de ácido salobre
esparcido sobre mi cuerpo inerte,
plagándome de sueños terroríficos
que despellejaban mi ser,
de corceles enfurecidos
por la mutilación de su estirpe
castigando cada membrana de mi cordura
a la intemperie, como un péndulo incansable
escupiendo ecos de metal oxidado
su sonrisa, la desdicha de mis días;

las sábanas se enredaban entre mis piernas,
víboras con lenguas de cianuro
de ponzoña y otros demonios que acariciaban
el vello de mis genitales con su lengua rasposa
como un tronco seco de mezquite lacerando
mis entrañas subyugadas…

el no poder dormir es una catástrofe inevitable
sentir la mirada de seres omniscientes
flotando alrededor de la cama
sentir la respiración de mujeres en celo
retorciéndose como peces sin oxígeno
sentir las uñas perversas escarbando
en el pecho en busca del fruto divino
sentir la leche envenenada
de pezones desflorados
explotando sobre mi rostro
¿pesadilla o erotismo sadiano?

intento dormir, las voces no cesan,
los gatos sonríen y la noche es mi Judas
la mente es el enemigo más antiguo del hombre
tú mismo eliges tu destrucción,
tú mismo eliges tu construcción
en las fauces de la mente te vuelves frágil
como un feto en el útero de la madre
en la luz de la mente te vuelves indestructible
como Perseo al degollar a Medusa,
la mente lo controla todo, no existe escapatoria,
no existe el destino, no existe ningún mecanismo
si la mente controla tus miedos:
el miedo a la muerte
el miedo al rechazo
el miedo a la soledad
el miedo al fracaso
el miedo a la traición
el miedo al amor
el miedo al enclaustro

el miedo a la oscuridad
el miedo al cambio
el miedo al enfrentamiento
el miedo a la culpabilidad
el miedo a Cristo
el miedo a Lucifer;

la melancolía es una barca agrietada
en la que intento dormir todas las noches
la habitación, el océano del olvido
en el que floto entre mujeres perversas
donde la reina es la que ríe de forma maquiavélica
con sus pechos erguidos al sol
la de hilos dorados, como el alba triste del quinto mes,
que finge demencia y se asfixia en sus palabras,
la que se esconde en un libro de ficción
predicando versos y cánticos de esperanza a las masas;

las brujas no son eternas, ni las perras,
ni las zorras, ni los pezones de miel,
ni la belleza helénica, ni la seda de tus manos,
ni los triángulos perversos de castidad obligada,
todo lo devora el tiempo,
el aliado justiciero,
el guerrero invencible
el que nos crucifica en su momento;

hay un búho en mi ventana, sí…no se ha ido,
es un búho que muere lentamente
el que disfruta observarte y descarnar tu alma
con su garra estrigiforme,

el que sueña con tus adentros de fuego
con beber el vino prohibido de tu mar rosado,
el que goza en silencio la cacería
de las serpientes que danzan en tus caderas,
el que mutila sus alas grises al imaginar tus labios
absorbiendo las gotas de otro líquido astral,
el que enloquece al pensarte sucia y
ultrajada por depredadores hambrientos,
el que busca la redención y la sapiencia
para curar las heridas y aceptar tus pecados,
el búho que acecha en mi ventana muere despacio,
ojos cansados cubiertos por miles de semillas de mostaza…
duerme, muere, descansa en paz,
el último aliento que escapa de sus labios, tu nombre;

en una noche oscura y melancólica
encontré sal debajo de mi almohada
no era como la sal del océano
ni la sal de las lágrimas que lamen tu piel
ni la sal de un adiós incierto que escapa como un buitre
ni la sal de un niño aterrado al sentirse desprendido
del cordón umbilical de su madre,
la sal que yacía esparcida entre la anatomía de mi cama
eran los restos de mi cuerpo inerte convertido
en un gigantesco búho de sal.

Other titles from
VAO PUBLISHING

Heartbeat of the Soul of the World
Stories by René Saldaña, Jr.
ISBN: 9780692412039
Juventud Press

A young man finds his voice in jazz, leaving a mark on his community that will never be erased. Another discovers his words in books and carves them into angry poems. Bullied kids at the end of their rope are given friendship and protection, while other teens cannot clear the hurdles life sets in their way. And at every step the promise of love glows bright even in the gloom of teenage life. In this new collection, René Saldaña, Jr., echoes the rhythmic pulse of life along the border. These brave, nuanced, accessible stories—ten previously published and five new—will resonate with young readers everywhere, especially Latinos. Come. Lean in close. Listen to the heartbeat of the soul of the world.

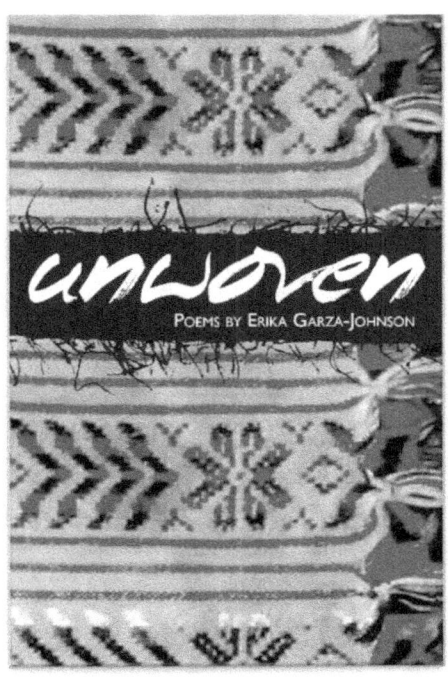

Unwoven
Poems by Erika Garza-Johnson
ISBN: 9780692323908
FlowerSong Books

The first poetry book from one of the most distinctive voices in South
Texas, *Unwoven* is an unflinchingly honest exploration of Chicana
womanhood along the border, a scattering of quetzal feathers and jade that
celebrate the achingly lovely paradox of life on the edges and in the middle.
Playful, artful, and wholly memorable, these poems prove Erika Garza-
Johnson deserving of her enduring moniker: *La Poeta Power*.

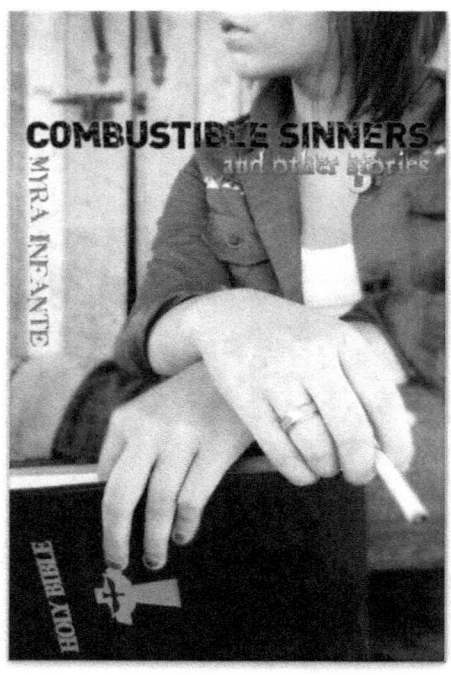

Combustible Sinners and Other Stories
by Myra Infante
ISBN: 9780615556703

Lissi Linares is a pastor's daughter whose love for others contrasts with her fear of eternal damnation. Little Jasmine "Jazzy Moon" Luna is determined to save Jesus from being crucified. Naida Cervantes hides a brutal secret behind shapeless, florid dresses. Hermana Gracie tries to set her son up with a good Christian girlfriend, only to make a surprising discovery. Zeke wants a new guitar and Ben wants a cool girlfriend, but what they find as migrant workers in Arkansas changes their desires. These individuals and others try to negotiate the often rocky intersection of faith and culture in seven independent but intertwining tales that explore life in an evangelical Christian, Mexican-American community. Frank, funny and heart-breakingly real, this volume explores themes of identity, culture, religion and sexuality in the context of a little-known subset of Hispanic culture.

¡Juventud! Growing up on the Border
Edited by René Saldaña, Jr., and Erika Garza-Johnson
ISBN: 9780615778259

Borders are magical places, and growing up on a border, crossing and recrossing that space where this becomes that, creates a very special sort of person, one in whom multiple cultures, languages, identities and truths mingle in powerful ways. In these eight stories and sixteen poems, a wide range of authors explore issues that confront young people along the US-Mexico border, helping their unique voices to be heard and never ignored.

Featuring the work of David Rice, Xavier Garza, Jan Seale, Guadalupe García McCall, Diane Gonzales Bertrand, and many others.

¡Arriba Baseball! A Collection of Latino/a Baseball Fiction
Edited by Robert Paul Moreira
ISBN: 9780615781839

From Dodger Stadium to the Astrodome, from the Río Grande Valley to
Chicago, from Veracruz to Puerto Rico, from high-school teams to stickball
in the streets, from the lessons of fathers to the excited joy of daughters,
from massive cheering in the stands at Wrigley Field to the dynamics of
family and community echoing on the diamond, these fifteen stories use the
sport of baseball to explore geographical, cultural and dream-like spaces
that transcend traditional notions of the game and transform it into a
universal yet wholly individual experience.

Featuring the work of Dagoberto Gilb, Norma Elia Cantú, Nelson Denis,
Christine Granados, René Saldaña, Jr., and many more.

Mexican Bestiary | Bestiario Mexicano
by David Bowles and Noé Vela
ISBN: 9780615571195

Who protects our precious fields of corn? What leaps from the darkness
when you least suspect it? Which spirit waits for little kids by rivers and
lakes? From the ahuizotl to the xocoyoles—and all the imps, ghosts and
witches in between—this illustrated bilingual encyclopedia tells you just
what you need to know about the things that go bump in the night in
Mexico and the US Southwest.

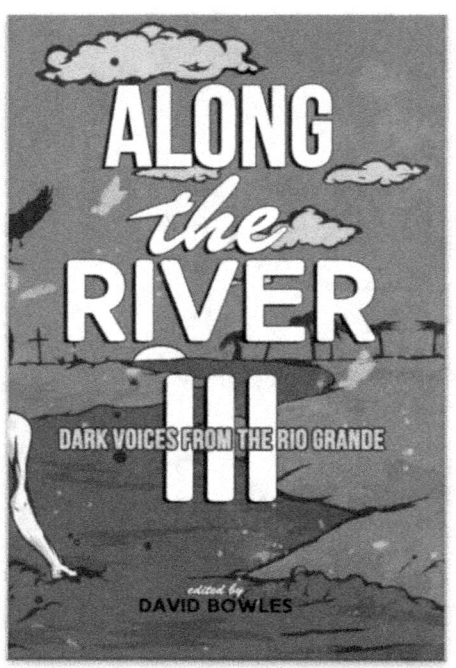

Along the River III: Dark Voices from the Río Grande
Edited by David Bowles
ISBN: 978-0615956183

The third anthology in the *Along the River* series.

When the sun sets on the Río Grande Valley, all manner of dark voices begin to croak, snarl and wail. Come explore the black shadows amidst the mesquite and palm trees down at the water's edge…just have a care not to fall (or be pulled) into the current.

Featuring the short story "Niño" by Álvaro Rodríguez.

FLOWERSONG BOOKS nurtures essential words from the borderlands. A division of VAO Publishing, the imprint is named for the Nahuatl phrase *in xōchitl in cuīcatl*—literally "the flower, the song," a kenning for "poetry."

VAO Publishing is a division of the 501(c)(3) non-profit Valley Artist Outreach. Our mission is to promote both the voices of writers in the Río Grande Valley and the literacy of Hispanics in general. To achieve these goals, we are implementing a multi-tiered strategy:

- editing an annual anthology of local talent (*Along the River* is the name of this series)
- publishing a small number of titles by Valley authors (or by authors whose work would appeal to readers in the Valley) each year
- procuring top-notch authors to edit anthologies of established and upcoming writers whose work has special relevance to the Río Grande Valley
- providing creative writing workshops to aspiring local writers
- conducting writing contests for elementary and secondary children

www.ingramcontent.com/pod-product-compliance
Lightning Source LLC
Chambersburg PA
CBHW070343130626
46556CB00007B/3008